MIRANDAGUIDEN

Marie-Louise Källmodin

Mirandaguiden

Förlag: BoD – Books on Demand, Stockholm, Sverige
Tryck: BoD – Books on Demand, Norderstedt, Tyskland
ISBN: 978-91-8057-453-2

Vet du om att dina tankar skapar dina känslor som i sin tur skapar det du upplever?

Dina tankar är energier, du är energier, hela universum är energier.

Med de energierna du sänder ut, drar du tillbaka till dig händelser som matchar det du sänt ut.

Boken du nu håller i har du faktiskt dragit till dig, den är precis det du behöver just nu för att komma vidare i livet.

Vad har du för drömmar?

Skulle du vilja veta hur du själv kan skapa vägen till dina drömmar?

Hur ser dina tankar ut?

Är det någon speciell del i ditt liv som behöver en knuff?

Den här boken kommer att hjälpa dig framåt, den kommer att ge dig dom tips och råd du behöver.

Läs den från sida till sida eller slå upp en sida på känslan bara eller ställ en fråga och slå upp en sida.

Du kommer Alltid att få det svar, råd du behöver just då.

Jag har på varje sida kombinerat ett råd från tarotkorten med råd om hur du kan hantera informationen med hjälp av attraktionslagen.

Sen finns det även en frågeställning kopplat till rådet för att ytterligare klargöra vad du behöver just då.

Avslutningsvis finns en affirmation att ha med sig under dagen.

Önskar dig all lycka med ditt nya medvetna liv.

Du står stadigt med båda fötterna på jorden.

Andra ser på dig som en förebild.

Du är helt naturlig och andra ser upp till dig.

Du ger mycket energi och får människor att vilja vara som dig och vara i dina energier.

Var en förebild för andra människor och led dom rätt.

Ge det du själv vill ha och du kommer att finna ro i dig själv.

Vill du ha kärlek, ge kärlek.

Vill du ha uppskattning, ge uppskattning.

Vill du ha förståelse, ge förståelse.

Vill du ha glädje, ge glädje.

Vill du ha lycka, ge lycka.

Vill du ha pengar, ge pengar.

Vill du ha omtanke,ge omtanke.

Vad behöver jag ge?

Jag är trygg

Var inte så hård och verklighetsfixerad så du står i vägen för ditt eget överflöd.

Var flexibel och lekfull.

Allt måste inte följa regler och protokoll.

Plocka in lite spontanitet och överflödet kan komma.

Är du i harmoni med det du önskar?

Du sitter med en hög obetalda räkningar som du inser att du inte har pengar till och kan betala.

Du sänder ut en önskan om mer pengar.

Själv fortsätter du bläddra i räkningarna och klaga på att du inte har nog med pengar och upplever negativa känslor som oro, vrede osv.

Du är inte i harmoni med din önskan.

Lek, fantisera och dröm dig bort. Hitta känslan av att du faktiskt är där du drömmer du är.

Var som ett barn. Universum kan nämligen inte skilja på fantasi och verklighet, så kan du bara känna att du är där du vill så ordnar universum resten.

Vad kan jag göra för spontana saker?

Jag är fantasifull

Ha tålamod.

Känn dig inte jagad.

Känn dig inte stressad..

Du kommer fram dit du ska när du ska ändå.

Det finns två sorters handling.

Det ena forcerar du fram (pga tvivel, oro, stress mm) genom att göra något/ tvinga fram nåt för att få din önskan.

I den andra låter du dig inspireras fram till din önskan.

Du ser tecken, känner att en sak är på gång, handlar på intuitionen, gör bara när det känns bra. Låter dig föras fram utan forcering.

Forcering känns bara jobbig och kommer ur att du blir otålmodig, stressad osv när du inte ser din önskan.

Inspirerad handling känns bara underbar för du vet att allt kommer när det ska och att just nu är du exakt där du ska.

Hur känns mina handlingar?

Jag har tålamod

Rusa inte förbi livet.

Det behöver inte vara full fart.

Du behöver bromsa in lite och låta livet komma ikapp.

Livet är ingen tävling.

Nu. Just nu. I detta ögonblick. Det är det enda du vet något om och kan göra något med. Njuta av. Veta exakt vad du har och hur du mår. Bara just nu.

För det som har hänt, har redan hänt och det finns inget du kan göra åt det.

Och det som händer om en minut, en timme eller imorgon, det kan du inte veta något om, för det är framtiden.

Det enda du kan och måste göra, är att se på vad du har just nu och må bra av det just nu.

På så vis sätter du tonen, känslan du vill ha för nästa minut, timme och dag.

Och på så vis kan du påverka vad du vill ha i framtiden utan att veta hur. För det är universums uppgift att veta hur, inte din.

Beskriv omgivningen jag står i?

Jag njuter av just nu

Allt är inte svart eller vitt.

Du känner att du blir orättvist behandlad eller någon gör nåt som du blir irriterad över.

Försök att inte döma andra utan tillåt andra vara som dom är.

Släpp att ditt sätt är rätt.

Alla ser på saker olika och kommer med olika bagage.

Du kan aldrig känna och tänka åt någon annan.

Om du är arg, frustrerad eller ledsen över något, kan vara en händelse eller en person.

Då kan du aldrig skylla på personen eller händelsen, för det är alltid dina tankar om detta som får dig att känna som du gör.

Det du tänker , det känner du.

Så du kan aldrig ändra situationen/ personen utan bara dina tankar om det.

Så försök alltid plocka fram något positivt i det eller tänk, aha vad ska jag lära mig av detta.

Vad har upprört mig idag och varför?

Jag är unik

Du behöver våga.

Utmana dig själv lite för att nå och hitta nya vägar till dina mål/ önskningar.

Om man vill ha en förändring i sitt liv så måste man våga handla på alla tecken man får och tänka nytt annars blir livet precis detsamma som det varit.

Ditt inre speglar alltid det du ser i din yttre värld. Det finns inga undantag.

Vill du se en förändring i ditt liv så måste du börja med att ändra ditt inre och dina tankar.

De mest framstående tankarna och känslorna du har i ditt liv är dom som manifesteras till det liv du lever just nu.

Våga titta innåt och se vad du egentligen känner, det är bara då du kan börja en förändring.

Vad kan jag göra tvärtemot idag mot vad jag brukar göra?

Jag är modig

Sök inte efter lyckan utanför dig.

Allt du behöver finns inom dig.

Du behöver bara knäcka ditt skal och öppna upp till ditt sanna jag.

Vad önskar du dig av universum egentligen.

Är det den där snygga bilen, fina möblerna, nya kläderna, mobiler och massor med saker du egentligen vill ha.

Eller är det så att du tror att du blir lycklig av alla dessa yttre materialistiska sakerna.

För önskar du dig alla dessa saker i hopp om att du ska må bra så kommer du aldrig att få dom.

För universum svarar som bekant på dina känslor och mår du inte bra innan du får dessa saker så kommer du inte att få dom heller.

Du måste se till att hitta ett sätt att må bra innan du får allt du tror dig vill ha.

Och paradoxalt nog så kommer du inte att vilja ha allt det där då.

Men lyckan finns alltid inom dig och inte i det yttre materialistiska.

Börja med att vara tacksam med vad du har.

Vad får mig att må bra?

Jag är tacksam

Ibland måste du kliva över och ur dina egna värderingar.

Klampa inte i dom och skvätt dom på andra.

Du behöver se saker ur andra perspektiv också.

Du ser och uppfattar världen, saker, händelser och personer osv på ditt eget sätt. Detta beroende på hur du har växt upp, erfarenheter i livet , vad du tror på, dina värderingar och vad du har blivit lärd.

Och det gör alla andra med.

Och det är helt ok.

Det är när du tycker att andra ska göra, bete sig på ett visst vis som stämmer med din värld som det blir fel. Du blir frustrerad, arg eller ledsen. Och drar automatiskt till dig mer av det.

Tillåt andra att ha sin värld och låt det vara ok. Sluta ha förväntningar på hur saker ska vara, låt det vara som det är.

Vad har jag för värderingar?

Jag är tillåtande

Du låter det gamla jaga dig.

Du är slav under din egen piska.

Du måste försöka se klarare vem du egentligen är och vem du tror att du är på grund av det bagage du har med dig.

Dags att lätta på ryggsäcken lite.

Är detta naturligt för mig? Känn inåt, gör det att du mår bra? Ja då är det naturligt för dig.

Är det naturligt för mig att göra såhär? Känns det bra? Ja då är det naturligt för dig.

Tänk inte Normalt i situationer. Att såhär har vi Normalt gjort när jag växt upp, såhär är Normalt att känna, sådär gör man Normalt inte, sånt kan Normalt inte hända.

Det finns inget Normalt.

Det enda som finns och ska finnas är : Är detta naturligt för mig? Känns detta naturligt för mig?

Vad kan jag släppa som egentligen inte är mitt?

Jag är naturlig

Du känner en sorg.

En ensamhet.

Svårt att hitta glädjen.

Världen känns tung och grå.

Du äger dina tankar och det är dom som skapar känslorna i dig som i sin tur drar till sig liknande tankar/ känslor genom det du upplever i livet.

Känner du sorg, drar du till dig mera av bli sorgsen av.

Känner du ensamhet, får du mer av det.

Känner du dig bekymrad, blir du mer bekymrad.

Det du behöver göra är att hitta din glädje i de små sakerna. Börja med att identifiera vad det är för tankar som gör dig sorgsen och vänd på det. Se hur du Vill ha det istället.

Jag vill vara glad

Jag vill ha sällskap

Jag vill vara lugn

Ok vad gör mig glad då?

Blir du glad av att äta en knäcke macka, titta på roliga klipp på youtube, se dina katter busa, krama ditt barn, cykla osv

Gör det då så ofta du kan för att höja dina tankar till

ett må bra läge, för då skickar Attraktionslagen automatisk dig mer saker att må bra av.

Vad kan jag vända för tanke idag?

Jag väljer glädje

Bara för att du får saker så betyder inte det att andra blir utan.

Du tror att om du ger till några så vänder du andra ryggen.

Om du önskar saker för dig själv så är det någon annan som blir utan.

Du kom till denna världen för att leva i överflöd. Men under livets gång har du tappat bort det för att samhälle, familj och vänner präglat dig med begränsande tankar.

Det blir aldrig slut i universum, det finn mer än nog till alla.

Bara för att du önskar dig en röd bil så betyder inte det att alla andra som också vill ha en röd bil inte får det. Och förresten så vill inte alla andra ha en röd bil. Någon vill ha en blå, grön eller gul.

Ingenting är för stort eller för mycket universum.

Det är bara dina egna begränsande tankar om vad som är för stort som stoppar dig.

För universum är inte 1000000 kr svårare än 1kr, det är du som tycker det är svårare.

Tänker du att det inte finns till alla så har du ett brist tänk och det är inga positiva tankar,för då får du mer brist.

Lita på att det finns det alla ska ha.

Vad är min begränsande tanke just nu?

Jag är värdig allt

Dröm om dina mål och önskningar.

Se skattkistan vid regnbågens slut.

Tro på dig själv och din inre nakenhet.

Fantisera mera.

Om vi vill nå våra drömmar och ändra inriktning på vårat liv, så måste vi lära nytt och gå nya vägar.

Känn inåt, lita på din intuition och se alla tecken omkring oss.

Öppna dina sinnen och var uppmärksam på din omgivning.

Du kan se en annons där det står nåt som påminner dig om vad du vill ha, ser något skrivet någonstans, ofta hör man någon säga något liknande, hör en låt om det eller bara får en ingivelse att göra något.

Då ska du veta att det är universum som talar om att det är påväg och ingivelsen talar om att nu är det bäst tid att agera för att fortsätta mot din önskan.

Så lita på dig själv och din magkänsla.

Vad kan jag öppna mig för idag?

Jag är öppen för tecken

Klättra på du är snart uppe.

Du ser en lösning på allt.

Det vänder nu.

Du börjar se möjligheter istället för problem.

Du ser att man har något att lära av allting.

Ibland kan det tyckas som man gjort allt rätt och ändå tycker man att det blir fel när det väl slår in eller att det inte alls blir som man vill.

Men då måste man vila i känslan att det var inte meningen för dig ändå och att något annat mycket bättre är på gång längre fram som du inte kan se just nu. Men lita på att universum alltid har ditt bästa som prio ett.

Det är bara att fortsätta framåt.

Om du ser tillbaka på olika händelser i ditt liv så kan jag nästan garantera att du hittar en mening med alla så kallade nederlag.

Så se alla små bakslag som livsläxor.

Allt har en mening här i livet.

I vilket område ser jag ofta problem?
Jag ser möjligheter

Känslan av avundsjuka, svartsjuka finns just nu.

Känns orättvist för att andra har det jag vill ha.

Ska slåss för det jag ska ha.

Alltid behöva kämpa med allt och alla andra tycks åka på en räkmacka genom livet.

Vad behöver du göra då?

Du måste glädjas med dom, vara i deras känsla och veta att allt finns för dig också bara du kan släppa avundsjukan och glädjas med andra.

Försök sätta dig in i deras känslor och universum kommer att svara direkt med att ge dig också upplevelser som matchar känslorna.

Det finns så det räcker till dig med och universum stöttar dig.

Ser du någon som vunnit mycket pengar, känn deras glädje.

Ser du ett nyförälskat par, känn deras glädje och lycka, bli smittad av den. Tänk så härligt med den där pirrande känslan i magen och de tindrande ögonen.

Var glad för andras skull.

Vem kan jag glädjas med idag?

Jag är medkännande

Allt är möjligt.

Du måste bara våga kasta dig utför och våga göra/ tänka nytt.

Följ med förändringarnas vindar och bana ny väg för dig själv.

Vad har du med dig för värderingar i livet?

Vad har du fått höra hela ditt liv?

Vad har präglat dig?

Det är nämligen så att vi får med oss en massa "sanningar" om saker under våran uppväxt.

Föräldrar, vänner och samhället säger saker som vi tror på och tar för sanningar om både oss själva och världen.

Vad har du med dig?

Livet är en kamp! Nej det är det inte, bara om du tror det.

Arbeta hårt för pengarna! Nej inte alls, du är värd överflöd genom att bara var du.

Pengar växer inte på träd! Jodå, bara du kan tro det.

Riktig kärlek finns inte! Åh jo och den finns för dig.

Lycka är för alla andra! Nej, den finns inom dig. Du behöver bara lyssna på dig själv mer och pränta dig med dina egna nya sanningar.

Vad har du för "sanningar"med dig?

Jag följer med

Du är skaparen av din egen framtid.

Du sitter vid vävstolen och bestämmer vilka trådar och färger som duken ska ha.

Den färg du stoppar in är den färg som kommer ut längst fram.

Kan aldrig skylla ifrån dig och säga att den där färgen ville jag inte ha där, när det är du som vävt in den.

För att förändra din verklighet så måste du förändra dig själv och dina känslor.

Du har dragit till dig allt som du har i ditt liv just nu med dina tankar, som framkallat vissa känslor, som universum svarar på.

Är det mycket och starka känslor inblandade som kommer det fortare.

Så din lycka och glädje beror helt på dig.

Dom flesta tänker på vad dom *inte* vill ha. Men attraktionslagen bryr sig inte om att du *inte* vill ha det du tänker på, den svarar an på dina känslor som du har för det du tänker på.

Tänk *inte* på falukorv!

Slår vad om att det var precis det du gjorde.

Förstår du..

Din hjärna registrerade inte ordet *inte* utan bara på det du tänkte på, falukorv. Lika är det med universum.

Tänk på vad du vill ha istället.

Vad har jag starka känslor för?

Jag får det jag vill ha

Förvirringen är total.

Vilken väg ska jag gå, hur ska jag göra, vad ska jag göra.

Det finns så många valmöjligheter här i livet.

Vad vill jag?

Hur vill jag ha mitt liv?

Vad vill jag göra?

Vad vill jag ha ut av livet?

Vad fattas?

Ibland så blir man villrådig och inte vet riktigt vad man vill eller om man är på rätt väg.

Sätt dig och skriv en lista på dina förväntningar här i livet.

Du får inte det du önskar dig, utan det du förväntar dig.

Gå igenom och klargör varje område i ditt liv, jobb,pengar, relationer, hälsa osv.

Skriv ner hur du vill ha det inom varje område, vad

du förväntar dig.

Var väldigt tydlig och detaljerad utan att fundera på alla eventuella hinder, skriv det du vill.

För universum har en stor portion humor också ska ni veta.

Trött och vill inte gå upp så tidigt på morgonen, kan resultera i 1,5 timmes försovning.

Att skriva ner det gör det också mer kraftfullt, så det är en rekommendation att ta för vana att skriva ner det du vill.

Vad vill jag ha?

Jag är tydlig

Känns det som du förlorat en del av ditt livspussel.

Fattas något i ditt liv.

Kanske denna boken kan hjälpa dig att lägga sista biten.

Men samtidigt så blir aldrig livspusslet klart. Man växer och förändras hela tiden.

Alla bitarna behöver kanske inte vara på plats direkt.

Det viktiga är att se helheten. Kanske fungerar lika bra utan den där sista pusselbiten, ett tag i alla fall.

När vi tillfälligt förlorar någon del i vårat livspussel, då tenderar vi att lägga allt fokus på den pusselbiten som fattas.

Vi blir ledsna, oroliga, arga osv för att vi inte har den pusselbiten.

Vad vi då gör är ju att dra till oss mer av dom känslorna, vilket kan resultera i att vi förlorar fler pusselbitar.

Låt inte hela din lycka och välmående bero på en enda pusselbit. Se till att ha bra balans och framförallt se alla dom bitarna du har kvar och var tacksam och nöjd med det.

Du överlever om en kärleksbit har försvunnit tillfälligt. Tänk på alla dom delarna du har kvar istället och ha tillit till att universum kommer att leverera en ny bit när du är redo.

Vilken pusselbit är jag okej utan?

Jag ser helheten

Du känner skuld skam för något.

Det jagar dig och du har svårt att släppa det.

Känns hotande och du känner dig jagad av det.

Du känner dig aldrig fri.

Att känna skuld och skam för något hindrar dig ifrån att utvecklas och gå mot dina önskningar. Det håller dig tillbaka, dessutom sitter det endast i dina tankar.

Det är kopplat till något som har hänt. Och det är ju redan över, du kan aldrig ändra det som redan skett och därför sitter ju skulden endast i dina tankar.

Det som hänt är redan över, förbi, finito och slut. Så då är händelsen som skapade skulden också förbi och du kan omöjligt ändra på den, så varför känna skuld.

Den enda verklighet du har är ju just nu och *just nu* är du fri och har du inget att ha skuldkänslor för.

Låt det förgångna vara förgånget och framtiden är framtiden och den vet du inget om just nu.

Släpp tankeskulden nu. Nu är en ny dag och nu vet du saker du inte gjorde igår.

Vad kan jag släppa för skuld?

Jag är fri

Står lite stilla nu.

Ganska händelselöst känner du.

Står på samma ställe och bara väntar.

Nya vindar behöver komma.

Det kan vara bra att landa emellanåt. Även om det känns som det inte händer något, så händer det saker hela tiden.

Det behöver inte synas i fysisk form eller saker, det händer mycket inombords.

Det är universums sätt att tala om att nu är det dags att stanna upp och inte jaga det yttre synliga, utan nu är det tid för själsligt arbete.

Vad vill jag innerst inne, hur vill jag vara egentligen. Själen behöver komma ikapp. Är du för fokuserad på det yttre så känns det som att det står helt stilla nu.

Börja meditera, börja med yoga och långa promenader så kommer du att hitta ett helt nytt förhållningssätt till dig själv och världen.

Vet att du alltid är exakt där du ska vara och lyssna inåt emellanåt.

Hur kan jag stilla mig idag?

Jag är lugn

Bär ditt hjärta med lätthet.

Lita på dina känslor och var sann mot dig själv.

Hjärtat, intuitionen och magkänslan är det som är sant och alltid kommer att leda dig rätt.

Livet går oftast i rasande fart och det finns liten tid för reflektion. Besluten kan ofta också bli fel och man kan ångra saker.

När du står inför ett beslut eller ett val av något slag och inte vet hur du ska göra.

Då kan du rådfråga ditt inre. Rådfråga ditt hjärta, intuition och magkänsla.

Sätt dig stilla och ställ frågan och känn hur det känns. Känns det bra i magen så då ska du göra det, men får du en olustig känsla så är ditt inre råd att avstå.

Detta känner du ganska lätt faktiskt bara du tar dig tid för dom få minuterna det tar. Du får alltid ett svar och ju mer du tränar på detta desto klarare blir det.

Vad kan jag rådfråga mig idag?

Jag litar på min magkänsla

Nu händer det saker.

Du har satt bollen i rörelse.

Du har aktivt gjort något för att komma närmare din önskan.

Om du inte trodde det var omöjligt (din dröm, det, vad du vill ha) vad skulle du göra då?

Vad skulle du ta för steg mot drömmen?

Gör det, precis som du skulle göra om drömmen var här exakt nu. Ta steget och rör dig mot dina drömmar. Du behöver inte se hela vägen, du behöver bara ta första steget.

Universum kommer att göra allt för att hjälpa dig framåt, se till så att människor, omständigheter och händelser kommer i din väg som leder dig vidare.

Vilket steg kan jag ta idag?

Jag kan agera

Stressen är stor just nu.

Känner det som att tiden håller på att rinna ut.

Du bara vandrar runt och väntar och ber skynda, skynda.

Ibland då vill man något så mycket och blir för fokuserad på resultatet av önskan att det skapar osäkerhet, rädslor, tvivel och misströstan.

Jag har det ju inte än! Skynda, skynda..

Då skiftas fokus till vad du inte har och det kommer inte.

Du måste ha tålamod och tillit att universum alltid levererar när du släpper det och bara fortsätter med ditt liv.

Du måste känna att livet är ok ändå, även om du inte får det du önskar. Och om du får det du önskar så är det som en extra bonus.

Säg: Jag har klarat mig hela livet utan detta, så jag klarar mig säkert framöver också. Det är bara något jag vill ha, men inte behöver för mitt välmående.

Vad är jag stressad över?

Jag är ok

Nu skördar du det du sådde förut.

Som du sår får du skörda.

Nu och framåt får du det liv du skapade igår.

Alla tankar/känslor är frön.

Något som är viktigt är att du slutar se dig som ett offer för omständigheter.

Jamen det och det ville jag ju inte ha.

Jamen det ville jag inte uppleva.

Jamen det var ju inte mitt fel.

Jamen den gjorde ju det och det.

Jo allt det har du dragit till dig. Kanske inte den specifika händelsen, men händelsen matchar *alltid* din innersta känsla och mående. Och universum levererar alltid en match med hjälp av omständigheter och situationer till dig, något annat är omöjligt.

Om du tänker på en dålig situation i ditt liv och var ärlig nu med hur du egentligen hade det med dina innersta känslor då, så garanterar jag att det matchar.

Så sluta med att göra dig själv till ett offer.

Titta på dig själv hur du mår, vad du tänker, känner och sänder ut för energier.

Då vet du vad som kommer.

Vad har jag sått för frön?

Jag är en skapare

Står trygg och stabil nu.

Du har kommit till en punkt när det kan vara dags att börja se sig om och släppa in andra människor.

Du behöver inte sätta murar omkring dig och skydda dig.

Våga se dig om och upptäck nya saker.

När du sätter upp skydd runt dig själv så gör du det av olika rädslor du har.

Och då fortsätter du dra till dig omständigheter som gör att du får kvar dina rädslor.

Nån gång måste man släppa om man vill ha en förändring i sitt liv.

Börja att se dig omkring efter nya möjligheter och börja lita på att det finns något större än dig som vill dig allt gott och som stöttar dig.

Lita på dig själv, älska dig själv för den du är för du är helt perfekt bara för att du finns till.

Kan du inte älska dig själv så har du ingen kärlek att ge andra heller. Du kan omöjligt ge något du själv inte har.

Vem kan jag släppa in idag?

Jag vågar

Stora händelser är på väg.

Mycket förändringar på gång.

Kan kännas som om du sveps iväg mot något farligt och okänt.

När du medvetet börjar arbeta med attraktionslagen och dig själv så kan det komma fram mycket okända känslor i dig.

Saker som du inte ens visste om dig själv kan dyka upp.

Du kan till och med må sämre ett tag och känna det som att du drunknar.

Men se det som något positivt och som du måste gå igenom för att komma vidare.

Utan att bearbeta gammalt så kommer det att ligga kvar i dig och hindra din väg framåt mot dina drömmar.

Så låt det vara lite turbulent emellanåt och vet att efter regn kommer solsken. Och att utrensningen är något positivt för att ta dig vidare.

Har några nya känslor dykt upp hos mig?

Jag kan vara mig själv

Låt livet spira naturligt.

**Allt du behöver finns för dig helt
naturligt.**

Du får näring av naturen.

Du får näring av ren kärlek.

Du får näring av hela universum.

**Känn att du är ett med allt, allt
sitter ihop.**

Försök att vara i så naturlig form som möjligt. Du kom till denna världen utan ansträngning och det är menat att du ska fortsätta din livsresa i samma anda.

Tänk på när du låg i mammas mage dom första nio månaderna och utvecklades utan någon som helst ansträngning och in blandning av dig själv. Du utvecklades helt naturligt och litade på att du skulle få den näsan, foten, hjärtat osv som du skulle ha. Du ifrågasatte inte hela tiden, var är min näsa? kommer den? och när? Du litade helt och fullt på att naturen skulle ge dig det du behövde.

Fortsätt och lita på det naturliga flödet och att du får det du ska ha här i livet utan ansträngning.

Vad vet jag att alltid ordnar sig?

Jag är i fllödet

Envishet och kamp står i fokus nu.

Finns konflikter runt dig som du lätt dras in i.

Kan vara med utomstående, men även med dig själv.

Istället för att förklara dig och försvara dig i något så låt det bara vara. Fastna inte i motsatserna rätt eller fel.

Känn inte nödvändigheten i att ha rätt, för då sätter du ju dig över andra och talar om att dom har fel. Och vem är det egentligen som bestämmer vad som är rätt eller fel.

Du uppfattar saker på ditt eget vis beroende på uppväxt, erfarenheter osv.

Och det gör alla andra med. Och det är helt ok.

Det är när du tycker att andra ska göra, bete sig på ett visst vis som stämmer med din värld som det blir fel. Då blir det konflikter, du blir frustrerad, arg eller ledsen.

Så tillåt andra ha sin värld och låt det vara ok.

Är jag i någon konflikt just nu?

Jag är ödmjuk

Tro på att du har tur.

Tro på att du lyckas.

Öppna din lyckokaka och ha tillit.

Ha tro.

Det är så många som mår dåligt, har otur, är olyckliga och inte har det eller det.

Och ändå har vi så mycket att vara tacksamma för.

Tak över huvudet, rinnande vatten, toa, ofta bil, mat, kläder att ta på oss när det blir kallt, någon slags familj osv

Och ändå ser vi bara vad olyckliga vi är.

Nu låter jag lite hård kanske, men förväntar du dig bara skit så får du bara skit.

Då spelar det ingen roll hur mycket du önskar dig något annat.

Börja förvänta dig tur du med, du kan lyckas med vad du vill.

Det ligger hos dig.

I vilka områden brukar jag ha tur?

Jag har tur

Njut av livet. Skäm bort dig själv.

Gå ut och sätt dig och njut av att bara vara en del av detta universum.

Älska dig själv.

Fokusera på dina positiva egenskaper, så kommer det fram ännu fler härliga egenskaper ur dig.

Behandla dig själv så som du behandlar din bästa vän.

Sluta försöka passa in för att känna gemenskap, du gömmer dig själ och vem du egentligen är då.

Du är ju en tillgång till mänskligheten genom att just du är unik och dina egenskaper gör dig ovärderlig i världen. Alla behöva för universums balans.

Vilket råd skulle jag ge min bästa vän nu?

Jag är min bästa vän

Ser livet som en dragkamp.

Får kämpa för det mesta.

**Envisheten kan lägga hinder i
vägen och kan skada andra.**

**Släpp och se allt det vackra
omkring dig och all värme som
finns.**

Hör du till dom som är av uppfattningen att man måste arbeta hårt för det man vill och att livet ständigt är en kamp för att få det du önskar.

Och du kämpar och kämpar men tycks aldrig få det du vill iallafall.

Då säger jag nu Grattis, du har nu bevisat för dig själv i hela ditt liv hittills att det tankesättet uppenbarligen inte fungerar.

Nu är det dags för en ny väg, sluta kämpa.

Gör inget, sträva inte efter mer, släpp beroendet av saker och ge upp.

Vad har jag alltid kämpat med?

Jag kan släppa taget

Fortsätt på din dröm/vision.

Se resultatet framför dig.

Du håller på att bygga upp något stort och hållbart nu.

Se till att ha fokus på din dröm nu och se slutresultatet. Det är inte din uppgift att lista ut När, Var och Hur din vision ska komma. Ditt jobb är att se det färdiga resultatet.

Många av historiens uppfinnare och byggare visste inte hur dom skulle gå tillväga, men dom såg tydligt vilket resultat dom ville ha.

Det är universums uppgift att föra vägar, omständigheter och människor till dig som gagnar din dröm.

Du har inte kapacitet att lista ut hur medan universum har obegränsade resurser att förse dig med.

Börjar du lägga dig i så stoppar du det naturliga flödet till dig.

Vad är min dröm?

Jag är fokuserad

Fundera inget mer, ge dig iväg på din livsresa.

Ta aktiva steg mot din dröm.

Vänta inte längre.

Tveka inte längre.

Ofta på grund av att man inte vet hur man ska göra ,hur det ska gå till eller det känns övermäktigt och du vet inte vilken ända du ska börja i, så förblir en dröm bara en dröm eller önskan.

Sluta tänka så stort, du behöver inte se hela vägen.

Om du ska åka från Luleå till Kalmar, då låter du väl inte bli att åka bara för att du inte ser hela vägen, eller hur?

Du litar på att vägen visar sig med hjälp av olika tecken (ex skyltar, gps)

Du bara startar resan genom att köra iväg.

Så är det med dina drömmar också, du behöver bara starta så kommer resten att visa sig.

Vad är det som håller mig tillbaka?

Jag litar på att min väg visar sig

Slut fred med allt och alla.

Bejaka alla olikheter.

Se det som möjligheter.

Ta alla i hand och uteslut ingen.

När du är i harmoni med dig själv, känner dig trygg och nöjd med vem du är och vad du har.

Då tillåter du även andra att vara som dom är.

Då har du inte behovet av att rätta någon, kritisera någon, ha rätt eller fel angående något. Då låter du andra bara vara som dom är.

Det är alla olikheter här i världen som skapar kontraster så vi kan se vad vi vill ha.

Vad gör mig unik?

Jag älskar olikheter

Du har makten över ditt liv och ingen annan.

Lämna inte över ditt liv och mående till andra.

Var en dirigent och dirigera ditt eget liv.

Att vara arg, frustrerad, irriterad och hata någon annan det drabbar bara dig själv.

Det är ju du som går omkring med dom känslorna.

Dom känslorna känner ju inte personen i fråga.

Det är som att dricka gift och hoppas den andra ska dö.

Så låt andra vara som dom är och gå inte omkring med an massa osunda känslor för då styr dom ditt liv.

För du drar ju till dig det du känner.

Låt dom inte påverka dig.

Vad skyller jag på andra?

Jag bestämmer över mitt liv

Du sitter väldigt stilla nu och bara väntar.

Vad väntar du på?

Du kan inte se hur lång tid något tar om du inte gör något inspirerande själv.

Vänta inte på att livet ska hända..

Vänta inte på att det ska vända..

Vänta inte på det och det..

Vänta inte på nån..

Vänta inte på om jag hade..

Vänta inte på när..

Vänta inte..

Då kommer du att få vänta livet ut. Är det så du vill ha ditt liv, en evig väntan på att något ska hända. För går du omkring med den känslan att du väntar på att en massa saker ska hända, ja då ser attraktionslagen till att du får evig väntan.

Du gör så att livet händer..

Du gör så att livet vänder..

Du gör så att det och det kommer..

Du gör att någon kommer..

Du gör att du får..

Du gör att det händer..

Du gör..

Vad väntar jag på att ska ske?

Jag inspirerar

Låt inte livet bli en dragkamp mellan dig och universum.

Låt universum leverera det du ska ha.

Försök att låta bli att dra och styra det.

Hur lång tid det tar att få något beror helt och hållet på dig.

Ju mer du kan släppa och lita på universum, ju fortare går det.

Det är bara dina egna begränsningar om vad som är möjligt och inte som stoppar flödet till dig.

Och när du börjar lägga dig i, försöker bestämma hur något ska gå till och dra åt något håll.

Vad har jag för begränsande tankar?

Jag litar på universum

Nu är det på tiden att du blir domare över ditt eget liv.

Du kan inte fortsätta leva ditt liv efter hur andra har dömt, tyckt och tänkt om dig.

Ta rodret.

Det är jätteviktigt att du låter förr vara förr, för nu är nu.

Låt inte gamla saker från förr hänga med dig idag så du mår dåligt över dom.

Låt ingen annan sätta en etikett på dig om vad och hur du är.

Låt inte det hindra dig.

Låt det inte straffa dig.

Straffa inte dig själv för gamla synders skull. För du gjorde det bästa du kunde med kunskapen du hade då.

Nu är nytt, nu vet du annat, nu har du nya kunskaper och erfarenheter.

Du är inte samma person som för 5, 10, 15 eller 20 år sen, så sluta och låta det definiera och döma dig.

Vad säger andra om mig nu?

Jag är nöjd med mig själv

Lugnet infinner sig och du känner dig väldigt nöjd just nu.

Blickar med nyfikenhet, lekfullhet och förväntan framåt.

Titta lite på ditt liv med utomstående ögon ibland.

Du kommer garanterat att se att det nog inte är så tokigt ändå.

Troligtvis har du mer än nog med saker, du har antagligen mat, du har tak över huvudet osv

Men ändå strävar du efter mer. Varför?

Vårt materialistiska samhälle hetsar oss oftast till att konsumera mera och mera.

Gå ur den hetsen och var nöjd med vad du har, gör dig hellre fri från saker så blir du fri i din själ. Låt inga saker äga dig.

Vad har jag för saker som äger mig?

Jag har det väldigt bra

Du har ett beroende som du vill bli av med.

Beroendet styr dig.

Du har svårt att komma ner på jorden och vara dig själv på grund av detta eftersom det kontrollerar dig och inte tvärt om.

Att säga att det är svårt med att sluta ett beroende är bara att lura sig själv.

Det som är svårt är ju att behålla beroendet. Det är mycket krångligare att vara beroende av något än att inte vara det.

Ta rökning till exempel.

Du måste alltid se till att ha cigaretter.

Du måste alltid ha pengar, du måste gå till affären och köpa cigg, du måste öppna paketet, du måste alltid se till att ha tändare med dig, du måste alltid se till att du hinner röka och du måste leta platser där du får röka osv.

Det är mycket enklare att låta bli för då behöver du

inte göra något mer än låta bli.

Vad har jag för beroende?

Jag är ärlig

Kärleken finns i ditt liv bara du tillåter den.

Du är träffad av Amors pilar och du kan själv skjuta kärlekspilar nu.

Livet går inte i repris, så varför gå och hålla på och spara all kärlek som du har inom dig.

Känn kärlek för dig själv och andra och det kommer att ge dig tusenfalt tillbaka.

Sprid kärlek omkring dig och se, känn glädjen hos mottagarna.

Du blir väl själv glad, lycklig och fylld av kärlek om någon annan ger dig kärlek.

Ge villkorslös kärlek, det kan aldrig bli fel. Kärlek kan aldrig ta slut.

Det löser upp stress, hat, oro, ledsenhet osv.

Vem kan jag överösa med kärlek idag?

Jag är kärleksfull

Stå upp för dig själv.

Var din egen bästa vän.

Du måste lita på dig själv och se dig som värdig allt gott här i världen.

Ta hand om dig själv, stötta dig själv och gör att du själv mår bra.

Var lite ego. Du måste kunna älska dig själv innan du kan ge kärlek till andra. Du måste anse dig värd allt och att du har ett stort värde. Annars kan inte universum skicka dig allt du är värd.

Gör precis som du skulle gjort för din bästa vän.

Vad behöver din vän (du) höra idag?

Att hon är klok, vacker, generös, snäll, omtänksam, har vackra ögon, underbar humor, uppmuntrande, sprider glädje osv

Du är allt detta och lite till. Ta till dig det och var din egen bästa vän.

Vad kan jag göra för mig själv idag?

Jag är omtänksam

Titta upp och se dig omkring.

Var nyfiken och lär av andra.

Se på alla människor som kommer in i ditt liv som dina egna privata läromästare.

Alla kommer med olika budskap.

Någon egenskap som du också vill ha eller något du inte vill ha visar dig personen.

Identifiera vad och du växer som människa.

Vem kan jag lära mig av idag?

Jag är nyfiken

Du utsätts dagligen för en mängd information, bedömning, beslut och värderingar.

Kom ihåg att det är alltid ditt val i alla situationer hur du ska välja att ta saker. Vare sig du väljer medvetet eller omedvetet.

Och alla val du har gjort hittills påverkar allt som händer just nu.

Om vi ska kunna så det vi skördar så krävs det medvetna val av oss.

Dom omedvetna valen gör vi automatiskt på grund av hur vi har blivit inlärda med olika saker genom livet. Hur vi upprepar våra reaktioner på olika situationer.

Börja bli medveten om dina reaktioner och dina val du gör, så kan du aktivt börja välja.

Vad gör jag för val idag?

Jag lever medvetet

Överraskningar väntar på dig.

Någon vill komma in i ditt liv.

Är du redo att öppna dörren.

Tillåter du allt det härliga att komma till dig eller motarbetar du det?

När du tillåter så följer du bara med livet utan att försöka styra det.

Du släpper all oro för allt och har full tillit.

Du pratar om vad du vill ha och uppleva istället för att prata om det du inte har och inte vill uppleva.

Du tänker, känner, beter dig som om att du redan har det du vill.

Du är tacksam för det du har.

Du är nöjd med det du har och ser allt annat som en bonus.

Vad använder jag för ord när jag pratar?

* Jag är uppmärksam*

Du letar efter din nyckel.

Du provar dig fram för du vet att det finns något mer här i livet.

Du vill att livet ska handla om något mer.

Har du funderingar på om livet bara ska vara så här? Är det inget mer? Vad är meningen egentligen? Är detta livet?

Du får inte riktigt grepp om det, men ändå vet du att det borde vara något mer.

Då är det dags att fundera på vad du vill ha för livsfilosofi/tro/grundvärderingar.

Alla behöver något sådant att följa. En tro på något mer som kan bli en vägledning.

Se lite bakåt och se om du kan hitta en röd tråd i dina intressen, vad som alltid har tilltalat dig. Vad du läst mycket om, tittat mycket på och vad du har vilja veta mer om. Då får du lite ledtrådar om vad din filosofi kan vara och söka dig vidare därifrån.

Kan jag se någon röd tråd i mitt liv?

Jag är undersökande

Du kan inte riktigt slappna av och njuta av dina framgångar.

Du tror någonstans att du fortsatt måste lida och kämpa.

Du har nått långt och fått framgångarna du drömt om..

Men anser dig inte värdig.

När du väl får pengar.

När du känner glädje och lycka i livet.

Njut av det och vet att det är precis så det ska vara.

Du är värd det och allt har en mening.

Många som vinner tex stora summor pengar är kvar i sina gamla värderingar, fattigtänk och att inte vara värd det.

Och vips så är dom fattiga igen på grund av det. För universum måste leverera så det stämmer överens med ditt innersta. Och att känna sig fattig stämmer ju inte överens med att ha en massa pengar.

Så ta tacksamt emot det du får, vad det än är, det delas inte ut av en slump.

Du ska ha det just nu, kanske för att orka/kunna

hjälpa någon annan människa.

Kanske för dig själv.

Men vad det än är, så njut och var tacksam.

Hur njuter jag av det jag får?

* Allt som kommer till mig är meningen*

Lösenordet till universum.

Lösenordet till glädjen.

Lösenordet till lyckan.

Lösenordet till drömmarna.

Lösenordet till Attraktionslagen.

Lösenordet är Tacksamhet.

Kan du inte känna tacksamhet för det du har just nu så kan du omöjligt dra till dig saker att bli tacksam för.

Kan du inte känna tacksamhet för det du har nu så har du en känsla av brist, otillfredsställelse och saknad inom dig.

Och det är ju inga bra känslor att gå omkring med.

Det finns ett litet ord som skänker glädje, lycka och frid. Det städar bort allt det negativa i ditt liv och förändrar dig i positiv riktning..

Tack

Vad är jag tacksam för idag?

* Tack för allt i mitt liv*

Nu är tiden inne att ta farväl av allt gammalt bagage och skaffa nya erfarenheter.

Släpp allt med stolthet.

Släpp ditt beroende till saker annars får du inte det du önskar.

Du ska behålla avsikten att skaffa det du vill ha, men släppa ditt beroende av resultatet.

Allt här i den fysiska världen är symboler, bilar, hus, sedlar, kläder osv och dom kommer och går.

Beroendet kommer från att det är alltid symboler du tro dig behöva. Då blir vi fångar i hjälplöshet, hopplöshet, världsliga saker och struntsaker.

Vi tror att allt löser sig och blir bra bara vi får dessa symboler, men precis som jag nämnde så är dessa flyktiga och du kommer att vara på jakt hela livet.

Ta farväl av det gamla tankesättet och kliv in i det okända där du kan börja vara kreativ.

Vad för något tror jag att jag kommer att må bättre av?

* Jag kan släppa saker*

Släpp taget om ditt beroende av pengar.

Pengar är inte den enda källan till överflöd.

Kliv upp och se alla andra möjligheter.

Tror du att det är bara pengar som kan ge dig det du vill ha?

Om jag bara får så och så mycket så kan jag göra det.

Vad vill du göra? Vad vill du ha? Vad vill du köpa?

Släpp fokuset på att du måste ha pengar först.

Se den saken du vill ha, känn att du har den redan.

Universum har oändliga vägar att ge dig det du vill ha utan inblandning av pengar.

Se slutmålet istället, det du skulle vilja ha.

Om du till exempel vill ha en ny TV men anser dig inte ha pengar, se inte pengarna du behöver, utan se dig själv med en TV.

Du kan få det som en gåva, du kan vinna en tävling, du kan få den till jättereapris osv.

Så släpp själva sedel/ pengafokus och fokusera på vad du vill ha.

Är jag låst vid pengar?

* Jag fokuserar på att må bra*

Nu är det en svacka i ditt liv.

Du är på väg ner i en liten dipp.

En händelse har utlöst detta.

Försök att se detta utifrån och som en isolerad händelse. Det är bara en liten sak i ditt liv.

Kliver du ur din livslinje så kan du se klarare att detta är bara en liten kort period av hela ditt liv.

Lite som när man har spädbarn med kolik, när man är i det är det ett helvete, men efteråt så kan man se att det var ju bara kanske 3 månader av hela mitt liv på kanske 80 år.

Vet att det inte varar för evigt och släpp kontrollen och låt dig må som du gör, men arbeta dig vidare för att komma upp igen. Och ha tillit till att du kommer upp igen för det har du gjort förut.

Kan jag se vilken händelse som utlöst detta?

* Jag är stark*

Laga det som behövs lagas för att du ska kunna fortsätta framåt.

Men gör det för din egen skull och inte för egot skull.

Prestation, värderande och andras godkännande, det är sådant ditt ego söker.

Gör saker för din egen skull och för att det känns bra inne i dig helt oberoende av du ska prestera något, värderas eller få någons godkännande.

Det ska inte spela någon roll.

Det viktigaste är att du får glädje av det, att du bidrar med något, att du kan hjälpa någon. Egot är inte den du är utan det är din sociala mask som lever på att bli omtyckt av andra och är en roll du spelar.

Var dig själ och älska dig själv för vad du gör.

Vad har mitt ego sökt idag?

* Jag är mig själv*

I dagens stressade samhälle med alla krav som finns är det viktigt att du hittar balans och lugn i någonting.

För att du ska må så bra som möjligt är det viktigt att du hittar balans i ditt liv. Att du hittar ett sätt för dig att varva ner och sortera alla intryck du får.

Vi behöver vara i stillhet en liten stund varje dag för egen reflektion. Stilla dina tankar. Stilla ditt sinne. Ladda batterierna.

Detta är olika för varje person, men meditation är en rekommendation.

Sitt i stillhet och bara andas en kvart om dagen, låt tankarna komma och gå helt naturligt utan att fastna i dom. Släpp dom bara. Kan vara lättare om man räknar från 1-10 och sen börjar om igen och ha fokus på räkningen. Kan vara svårt i början men det blir lättare och lättare så ge inte upp och var inte för hård mot dig själv.

När är bäst tid för mig att vara i stillhet?

* Jag andas djupt*

Tro på dig själv.

Tycker du något, så stå för det.

Du är unik och bidrar till denna världen med din egen visdom.

Var inte rädd för att uttrycka dina behov, men förvänta dig inte att alla ska tycka lika.

Alla har sin egen fria vilja och det ska vara så.

Det är när du tycker att andra ska tycka som dig du mår dåligt.

Träna också på att inte alltid uttrycka vad du tycker, man måste inte ha rätt eller fel.

Det är ett dömande tankesätt och det du dömer reflekterar tillbaka på dig.

Gör du det så ta tillfället i akt och se vad du kan lära om dig själv för att bli friare.

Har jag någon situation där jag är snabb att döma?

* Jag är unik*

Kärleken är störst.

Både till dig själv och andra.

Kärleken kan lindra allt.

Störst av allt är kärleken. Känn kärlek för allt. Ge kärlek ovillkorligt.

Kom ihåg att det du ger får du tillbaka. Spara inte på kärleken för det finns inget slut, kärlek kan aldrig ta slut.

Du kan lösa upp allt med kärlek. Sänd kärlek till alla, även dina så kallade ovänner.

Att hysa agg mot någon slår bara tillbaka mot dig själv. Ös kärlekstankar till allt.

Du kommer att känna knutarna löses upp. Alla förtjänar kärlek genom att bara vara, även du. Det ska inte finnas några villkor satt på vem som ska få kärlek.

Kan jag ge lite extra kärlek till någon idag?

* Jag sprider kärlek*

Våga kliva ur boxen.

Stannar du i samma rutiner, tankar så får du samma liv.

Ofta gör vi saker på rutin. Vi gör våra sysslor i samma ordning varenda dag. Vi gör som vi brukar.

Om vi ska tvätta, städa och handla under en dag så gör vi nästan alltid det i en viss ordning. Till exempel börjar alltid med tvätten sen städning och avslutar med att handla. Detta bara gör vi på rutin, vare sig vi vill eller känner för det.

Börja med att direkt på morgonen känna efter vilken det skulle kännas bäst att börja med. istället. Detta gör att du hamnar i ett bättre flow hela dagen. Du kliver ur boxen och lyssnar till ditt inre som alltid är där för att vägleda dig till ditt bästa.

Hur ser mina rutiner ut?

Jag tänker nytt

Nu leker livet.

Du ser allt det vackra som finns i världen.

Njut och ta vara på det.

Du känner dig lekfull och äventyrs full.

När du har flow i livet, känns inget omöjligt. Spara alla minnen som en fotobank i huvudet, men framför allt spara den känslan du har. Då kan du tänka på det minnet när du inte har detta flowet, för livet går ju lite upp och ner, men då kan du plocka fram denna bild och känslan du har till den och du lyfter dig mycket fortare.

För som bekant vet inte din hjärna om det är något verkligt eller påhittat du känner, så länge du kan frammana den känslan du vill ha i livet så måste universum leverera matchande händelser.

Vad har jag för härliga minnen att plocka fram?

* Jag söker härliga känslor*

Du är på rätt väg.

Men ibland känns det som om du svävar på en slak lina.

Se till att bara behålla fokus dit du ska så löser sig resten.

Man har många valmöjligheter här i livet och man kan ändra sig efter vägen mot målet.

Det jag vet idag måste jag inte hålla fast vid om två dagar. Jag kan ha fått till mig ny information som ger mig en ny väg mot mitt mål.

Ha mod att ändra dig.

Så länge du har fokus på din dröm och mål så kommer universum att guida dig rätt, även om det innebär ändrade planer. Universum har alltid en plan med sina ändringar, allt för ditt bästa.

Vad håller jag envist fast vid?

* Jag är på rätt väg*

Du börjar ana att det finns någon stor kraft som verkar för dig.

Är det slumpen, tur eller finns det någon kraft i universum.

Du hamnar i omständigheter som kanske inte bara kan vara slumpen.

Alla tror jag behöver någon slags vägledning här i livet. Någon livsfilosofi att följa. Att vi har någon grundvärdering i livet.

Var nyfiken och ta reda på mer om saker som kommer till dig, även om du bara tror det är en slump. Det är en kraft som försöker visa dig vägen. Ge det en chans och var mer öppen i sinnet.

Börjar det dyka upp texter, musik, böcker och tv program om något speciellt så är det universum som vill påkalla din uppmärksamhet till att hitta din väg.

Vi mår så mycket bättre när vi har hittat vår uppgift här i livet och du har någon som vakar över dig, vill hjälpa dig om du bara tillåter den möjligheten.

Ser jag något väldigt ofta?

* Jag är skyddad*

Allt du önskar kan du få.

Allt är möjligt.

Ingenting är omöjligt för universum.

Se universum som Alladin, han säger, din önskan är min lag.

Och så är det, det du kan se och känna, kan du få.

Det är bara för dig att önska och slappna av.

Se universum som en postorderkatalog, du talar om vad du vill ha, beställer och sen släpper du det och litar på att det kommer.

Det är precis lika med dina önskningar, tala om vad du vill ha här i livet och skicka ut en beställning och sen gäller det att släppa det och lita på leverans.

När du beställt ett par byxor så börjar du ju inte tveka, fundera om de kommer och när dom kommer och hur dom kommer, du litar på att dom kommer.

Vad önskar jag idag?

* Jag är en magnet*

Seger.

Du har klättrat upp och kommit över dina begränsande tankar om pengar.

Ofta är det inte dina egna begränsningar som håller dig tillbaka utan det är andras begränsningar som du tagit till dig under din uppväxt.

Fråga dig: Vad fick du höra om pengar när du växte upp? Fanns det pengar? Var det brist? Sparades eller slösades det? Var det glädje kring pengar eller bara gräl?

Vad hade du för upplevelser kring pengar när du växte upp?

Allt detta har påverkat dig att tro en massa saker om pengar, som kanske inte alls är sanna idag.

Tänk efter och ifrågasätt om det verkligen är så eller om det kan vara på ett annat vis och vänd det till något positivt.

Kan jag hitta mina begränsningar?

* Jag är här och nu*

Manligt och kvinnligt.

Svart eller vitt.

Sorg eller glädje.

Det är mycket endera eller i ditt liv just nu.

Behöver det verkligen vara endera eller.

Det finns alltid två motpoler till varandra. Men det är bara för att vi tydligare ska kunna se vad vi vill ha och inte att döma efter.

Du ser något långt, bara för att det finns kort också. Men den ena utesluter inte den andra och ingen av det är mer rätt eller fel än den andra.

Se allt för vad det är utan att döma. Se allt för var det är utan att behöva ha rätt eller fel.

Kan jag vara åskådare idag?

*Jag är fri *

Du står inför ett stort och tufft beslut nu.

Du har två möjligheter här.

Det är att lösa det eller besegras av det.

Försök att se dig själv från en annan vinkel, lyft dig ur dig själv så att säga och se på problemet utifrån.

Talesättet att man ser alltid lösningar på andras problem stämmer väldigt bra.

För hur många gånger har du inte sett helt klart vad någon annan bör göra, men inte vad du själv behöver göra.

Kliv ur dig själv och sätt problemet i perspektiv. Om detta gällde någon annan, vad skulle ditt råd vara.

Ge råd till dig själv. Kan vara svårt när man är mitt i det, men försök att vara tredje part här.

Och framför allt följ ditt eget råd, du vet innerst inne vad som är rätt.

Vad har jag för råd till mig själv idag?

Jag är min bästa vän

Det du sår får du skörda.

Du blomstrar väldigt just nu och kan se alla stora vackra blommor du har sått.

Du mår bra och får skörda bra saker.

Nu ser du att allt arbete du lagt ner på dig själv har effekt.

Du ser att man måste må bra först i sinnet, för att allt bra ska komma i verkligheten.

"Det tror jag när jag ser det" är det många som säger och tänker.

Du behöver vända på det och säga " Du kommer att se det, när du tror på det "

Du måste börja tro att du har det du vill ha redan.

Du måste se att det är möjligt innan du ser det. Känn med hela dig att det finns där. Gör allt du kan för att känna det. Omge dig med de personer som har det du vill ha, titta på det du vill ha, köp småsaker som får dig att känna dig så som du vill.

Mycket saker finns fast vi inte kan se de. Om du bara tror på vad du ser, varför betalar du då elräkningen? Du ser ju inte elektriciteten och ändå vet du att den finns där.

Vad vill jag se innan jag tror det?

Idag tänker jag tvärtom

Även om du är olik alla andra så känner du dig trygg med det.

Du vet ditt värde och att du är betydelsefull.

Går rak i ryggen och följer din väg.

Du ska veta att du är här på jorden av en anledning och det är att tillföra just din unikhet.

Du är en totalt unik skapelse och det finns ingen annan som du.

Därför måste du sluta leva och försöka vara som alla andra. Du ska inte vara som alla andra, du ska inte leva som andra, göra som andra.

Du ska skapa din egna unika väg genom livet, det är din uppgift.

Du ska vara sann mot dig själv och inse att du är en tillgång precis som du är och utan att ändra på något för att passa in.

Vad gör mig till mig?

Jag är en tillgång för världen

Njutning är en av dina stora passioner.

Du älskar friheten i naturen och att bara få vara.

Suga i dig naturens energier.

Se dig omkring ute i naturen. Se på allt det vackra som finns omkring dig.

Det är ditt att njuta av. Naturen bjuder på en storslagenhet utan minsta ansträngning.

Se på hur allt frodas och växer. Helt naturligt. Var som naturen och väx naturligt utan att anstränga dig så. Följ ditt naturliga flöde.

Vattnet begär inget tillbaka för att bevattna blommorna. Solen begär inget tillbaka för att ge värme och energi till naturen. Dom bara gör det de är till för.

Gör det du med.

När känner jag mig mest naturlig?

Jag är naturlig

Funderingar finns. Du behöver svar på något du funderar på.

Du behöver hjälp med något men kan känna dig lite utlämnad då.

Ibland står man inför olika frågeställningar. Vid vägskäl här i livet. Både positiva och negativa.

Ställ frågan till universum och vänta på svar. För du kommer att få svar. Kan komma på många olika vis t ex någon som säger något, det kommer en person in i ditt liv med svar, du läser något osv.

Nu är det upp till dig att använda din intuition och se svaren som svar. Och våga följa de.

Var inte orolig att du ska missa något, för universum ger inte upp. Det tar kanske bara lite längre tid och blir en omständligare väg till ditt svar, men svar får du alltid. Och du lär dig massor på vägen.

Om du ser tecknen direkt och vet att handla på de så går det fortare och rakare dit du vill.

Vad söker jag svar på?

Jag söker svar aktivt idag

Det du håller på med nu.

Eller det du tänker att du skulle vilja.

Det är helt rätt.

Lita på dig själv hela tiden, är det rätt så är det lätt och är det lätt så är det rätt, så enkelt är det.

När du får en sån där blixtrande ide , som liksom bara kommer som en blixt från klar himmel, ett infall.

Då är det helt rätt och du ska genast agera på det infallet. För det är universum som talar om att nu är det helt rätt att göra det du tänkt, finns ingen mer rätt tid än just nu.

Och agerar du då så kommer ännu mer att falla på plats och du kommer att få infall hela tiden som leder dig precis dit du ska.

Så din uppgift är att följa dina infall och universum guidar dig vidare.

Vad vill universum få mig att agera på?

Idag följer jag mina infall

Du har så mycket att vara tacksam för just nu.

Du känner dig väldigt nöjd med livet och kan ta allt med ro.

Du kan verkligen slappna av och veta att allt är precis som det ska.

Att känna tacksamhet är nog det viktigaste du kan göra. Det är det viktigaste i ditt liv och det är det viktigaste i denna bok.

Kan du inte känna tacksamhet för det du har så kommer du aldrig att få något bättre.

Känner du inte tacksamhet har du en känsla av brist i dig, en saknad, en tomhet och du kan bara få det tillbaka.

Ta för vana att skriva tio saker om dagen som du är tacksam för och du ska se att ditt liv kommer att ändras i positiv riktning.

Alla har något att vara tacksamma för.

Vatten i kran, kläder på kroppen, mat, en säng, en toa, en kaffekopp, husdjur, naturen osv.

Börja skriva och tankar om vad du har att vara tacksam för kommer att komma till dig mer och mer.

Vad har jag att vara tacksam för?

Jag är så tacksam för mitt liv

Händer alltid en massa saker i ditt huvud.

Det är ett maskineri som tickar på med oändligt mycket tankar och reaktioner.

Du är en stor filosof med mycket tankar nu.

Kanske dags att släppa lite eller ändra tankegången.

Hör ni till den skaran som alltid får en oväntad utgift direkt det finns någon krona över.

Direkt det har kommit in någon extra krona så förväntar man sig att nu dyker det upp något oväntad kostnad, för det gör det ju alltid och vad tror du det gör då? Du får ju det du förväntar dig.

Men det går ju även att ändra de tankevanorna till att man hela tiden får oväntade inkomster.

Börja med att vara tacksam för att du faktiskt hade de där extrapengarna till den oväntade utgiften istället för att förbanna utgiften.

Sen när du känner och ser att det flyter på så fortsätter du med att vara tacksam för varenda krona som blir över.

Och sen ställer du om tankarna och förväntningarna till oväntade inkomster istället.

Hur ser mina förväntningar ut?

Jag har positiva förväntningar

Du är i flödet nu. Överraskningarna står på rad och väntar på dig.

Vad det än gör som framkallar den känslan du har nu, se till att behålla den och glada överraskningar kommer att fortsätta knacka på din dörr.

När du är i flödet är allt möjligt och det dyker upp saker, händelser, människor och omständigheter som tar andan ur dig. Det känns som om du lever i en annan värld nästan.

Men det är för att du matchar de goda energierna som du får exakt det du vill ha.

Du har ditt fokus inställt på det goda här i livet och förväntar dig det goda här i livet.

Det är så att bara för att du inte kan se en sak så betyder inte det att den inte finns. Den finns inte för dig just då för ditt fokus är på något annat så att händelsen går dig förbi.

Men när du hittar flödet så går inga händelser som ligger i dina drömmar dig förbi, utan de matchar varenda gång.

Vad är det för händelser som påverkar mig positivt nu?

Jag sparar på härligheter

Nu har du fått kontrollen och balansen tillbaka i ditt liv.

Du har hittat en medelväg som fungerar för dig.

Nu går det mycket fortare framåt än förut.

Ibland kan det kännas som om att du går två steg framåt och sen tre steg tillbaka.

Det är dina egna begränsande tankar om dig själv som gör att det blir så.

Våga tro på dig själv och dina förmågor. Ibland är det lite svårt att hitta vilka de där begränsande tankarna är, men när du hör dig säga För att efter något så får du en fingervisning om vad det är.

T ex Jag kan inte få det, För att..

Det händer inte mig, För att..

Det du säger efter För att, är dina begränsande tankar att arbeta med.

Vad har jag för begränsande tankar?

Jag kontrollerar mina tankar

Lev här och nu.

Livet är inte evigt.

Släpp förr och framtiden och ta vara på nuet.

Vänta inte tills det är för sent.

Att hela tiden sträva efter något gör att du inte lever här och nu.

Fundera efter vad du strävar emot och varför.

Du kämpar och kämpar men tycks aldrig få det du vill ändå.

Då är det dags att du slutar och kämpa nu, sluta lägg dig i och lita på att du får det du ska när det är tid för det.

Fundera också på vad det är du egentligen behöver, vad är det du önskar dig?

Är det en ny fin bil, de senaste kläderna, mobiler och saker och saker?

Då är det ditt ego som talar, för du är precis lika bra utan all yttre saker och du mår inge bättre av de, kanske en liten stund bara.

Men saker kommer och går och när sakerna försvinner står du ju där och mår dåligt igen och måste börja jakten igen.

Du kommer aldrig att bli nöjd.

Vad har jag alltid fått kämpa för?
Jag släpper taget och är nöjd

Du är navet i ditt liv.

Du tar emot allt du sänder ut.

Nu tar du emot massor, men kanske inte bara det du vill.

Det är du som bestämmer vad du vill ha in i ditt liv. Och det gör du med det du fokuserar på. Det du har fokus på det får du i retur, så enkelt är det.

Så vart har du ditt fokus?

Är det på det positiva som finns i ditt liv eller är det de små negativa inslagen?

Kom ihåg att universum inte bryr sig om ifall du vill ha något eller inte. Universum svarar bara på och ger dig mer av det du har fokus på.

Det är därför det är så viktigt att du är tacksam för vad du redan har och har fokus på vad du redan har, på så vis får du in mer saker att vara tacksam över i ditt liv, vad det än är.

Har du fokus på det som inte riktigt är som du tänkt dig, ja då får du mer av det.

Är ditt fokus på de rätta sakerna i ditt liv?

Jag har fokus på allt positivt i mitt liv

Du vill lära dig något nytt.

Känns som att en liten utmaning vore på plats.

Men du tvekar för vad andra ska tycka om det du vill lära dig.

Bry dig inte om vad andra tycker om saker du vill göra. Vill du lära dig latinska så ska du lära dig latinska.

Det är jätteviktigt att du följer ditt hjärta och inte låter andras tyckande påverka dig.

Var envis och ge inte upp.

Många författare till exempel har blivit nekade så många gånger att det inte går att räkna, men inte givit upp, och har till slut lyckats också. För de har haft en inre övertygelse om att fixa det.

Har du bara tron på att du klarar det så ska du göra det, annars sviker du dig själv och talar om att du inte är värdig att ta egna beslut , utan måste alltid lyssna på vad andra säger att du kan.

Ingen vet väl bättre än du själv vad du vill och kan.

Vad skulle du vilja lära dig för något nytt?

Jag står upp för mig själv

Du kämpar och kämpar för att bli hörd och sedd.

Men samtidigt vill du vara som alla andra, med konsekvensen att du och dina unika förmågor är osynliga.

Du har kommit till vårat universum med dina speciella, unika gåvor.

Du har levt det liv du har för att lära dig vissa saker.

Du tränas hela tiden med alla olika möten med människor.

Alla har något unikt i sig som det är menat att vi ska dela med oss av till andra.

Men om du hela tiden kämpar för att passa in och vara som alla andra så blir du en i mängden och väldigt anonym.

Ta vara på och plocka fram det unika med dig, var stolt över att du är helt unik, tycker helt unikt, ser helt unik ut.

Tänk vad tråkig värld det skulle vara om allt såg exakt lika ut, alla människor, hus, djur, arbeten ja allt var exakt lika, det vore ju science fiction direkt.

Vad har jag för speciella gåvor att dela med mig av?

Jag är stolt över vem jag är

Var inte rädd för kärleken.

Ta emot kärleken när den kommer.

Våga vara sårbar och träffas av kärlekens pilar.

Ofta kan man se ett mönster i sina kärleksrelationer. Vad man dras till för kärlek och framför allt vad för kärlek man tro sig vara värdig.

För det är det allt handlar om, vad tror du att du är värd för kärlek?

För universum vet att du är värd ett oändligt överflöd av kärlek, men kan bara svar på dina vibrationer du sänder ut, något annat är omöjligt.

Så hur har ditt kärleksliv sett ut?

Våga titta på dina relationer med objektiva ögon. Hur mådde du då, hur gick dina tankar, vad hade du för förväntningar osv

Först när du inser och anser dig värdig allt gott och all kärlek så kan den komma i dess perfekta form.

Hur har mitt kärleksmönster sett ut?

Jag är redo för ny kärlek

Ta hand om dig själv och din hälsa.

Det är lika viktigt som att ta hand om ditt inre, glöm inte det.

Balans behövs även här.

Lika viktigt som det är att ta hand om ditt inre, att jobba med dig själv och din självkänsla.

Lika viktigt är det att ta hand om din kropp. Det är denna kropp du blivit tilldelad i detta livet och som du ska bo i under din livsresa.

Då gäller det att vara rädd om den, för du får ingen annan.

Den ska ta dig stegen mot din dröm, den ska vägleda dig mot din dröm, den ska ge dig kraften att ta dig mot din dröm, den ska ge dig näring att ta dig mot din dröm.

Missköter du kroppen orkar du inte ta dig fram.

Så se till att ge kroppen den sömn, mat och motion den förtjänar.

Vad kan jag göra för min kropp?

Jag är rädd om mig

Du behöver inte irra fram i mörkret.

Lyft blicken och se alla ledtrådar du får.

Se inte bakåt eller framåt.

När du känner oro, ångest eller ledsamhet inför framtiden.

Tänk då på att det är bara fantasier, du fantiserar fram ett scenario som får dig att känna som du gör.

Det är inte verklighet.

För verkligheten finns bara nu, imorgon vet du ingenting om.

Hur kan jag bli mer närvarande?

Jag ser vart jag befinner mig nu

Nu har du satt dig i en glaskupa och är inte mottaglig för flödet i ditt liv.

Du ser en ljuspunkt långt där borta, men den kan inte nå dig just nu.

Du stoppar flödet i ditt liv om du inte kan ta emot. Kan du inte ta emot så känner du dig inte värdig.

Hur gör du när någon säger något snällt, ger dig en komplimang eller vill hjälpa dig?

Tackar du och tar emot eller viftar du bara bort det.

För att universum ska kunna leverera allt du önskar dig så måste du lära dig att ta emot ALLT som ges till dig och känna att du är värd det. Annars stoppar du flödet.

Du ska veta att inget sänds till dig av en slump och du behöver ta emot det för att du ska kunna vandra fram till allt du önskar.

Hur kan jag agera annorlunda nu?

Jag tar tacksamt emot

Bege dig ut på en resa.

Handlar om en fysisk resa eller om en psykisk resa eller båda delarna.

Vill du ut på dina drömmars resa så måste du våga drömma stort och vara villig att göra vissa saker.

Kommer du inte till dina drömmars mål, då får du fråga dig : Vad är jag Inte villig att göra?

Du måste vara villig att göra vissa saker för att komma iväg på din resa.

Vill t ex du flytta utomlands, men inte är villig att ändra om hela dina barns tillvaro, ja men då kommer du inte iväg heller.

Vill du skriva en bok, men tar inte kontakt med förlag, ja då blir det kanske inte en bok.

Du måste ibland vara villig att göra vissa saker för att komma fram och vidare.

Vad behöver jag göra för att komma vidare?

Jag agerar i riktning mot det jag vill

Tänk på vad du har för tankar om framtiden.

Är det bra eller är det mindre bra.

Du har alltid ett val här i livet.

Det är alltid du som väljer vad du vill ha.

Vi gör många val här i livet.

Om någon förolämpar dig skulle du välja att ta illa vid dig troligtvis.

Om någon ger dig en komplimang skulle du välja att bli glad.

Men det är alltid ett val.

När du ska göra ett val här i livet, vad som helst, så känn efter med hjärtat.

Ställ frågan och vänta på svaret i form av en känsla i hjärtat. Du kommer tydligt att känna endera en positiv känsla för rätt val eller en orolig känsla för fel val.

Kom ihåg att vad som än händer, vad någon gör eller säger så är det alltid ditt val hur du reagerar på det.

Hur väljer jag oftast?

Jag gör aktiva val

Lyft på huvudet och gräv inte ner dig i alla måsten.

Visst har man en massa saker att göra hela tiden, men man kan ge det en ny twist.

När vi har en massa måsten att göra.

T ex att tvätta, handla och handla så gör man oftast det i samma ordning hela tiden, varenda gång utan att reflektera särskilt mycket över det. Det är bara måsten som ska göras.

Kanske börjar man alltid med att tvätta på morgonen, sen städar man för att sedan åka och handla. Allt går på rutin.

Om du istället direkt på morgonen känner efter vilken av de som det skulle kännas bäst att börja med, så hamnar du i ett bättre flöde under hela dagen.

Du styr och gör ett aktivt val.

När kan jag göra aktiva val?

Jag styr mitt flöde

Gör en överenskommelse med någon eller dig själv.

Slut fred med någon eller dig själv.

Omfamna olikheterna.

Låt alla vara som de är. Försök att inte sätta etiketter på allt och alla.

Du kan inte kontrollera någon annans verklighet. Du kan inte få in saker i andras liv.

Det enda du kan göra är att vara sann mot dig själv och låta andra vara som de är.

Du måste se till ditt eget först, se till att du mår bra.

Då kan du också tillåta andra att vara som de är och inte känna dig hotad av det. Då blir det ringar på vattnet och du sprider det du har själv till andra.

Vem behöver jag acceptera som de är?

Jag tycker om olikheter

Visa vem du är.

Våga tro på din dröm.

Tro på dig själv och att du klarar mycket mer än du tror.

Vad är du rädd för?

Vad håller dig tillbaka?

Varför chansar du inte?

Vad tror du kan hända?

Det du tror kan hända finns bara i dina tankar och dom kan du ändra. Det är bara du själv som skapar hindren.

Tänk såhär:

Just nu är det tusentals på denna jord som gjort det jag tänkt göra.

Det är tusentals som klarat det.

Det är säkert flera i min närhet som klarat det.

Jag är inte först, andra har gjort det.

Då släpper dina mentala blockeringar, för du vet att det är inte omöjligt.

Vad är min största rädsla just nu?

Jag är inte ensam

Du är superstjärnan i ditt liv.

Du har, är på väg att skapa det välstånd du vill ha i ditt liv.

Nu är det din tur.

Välstånd är ett tankesätt.

Det finns så mycket småsaker du kan göra för att känna välstånd, för att ta dig till välstånd.

Vardagslyx är det jag pratar om, skäm bort dig lite.

Köp blommigt toapapper istället för tråkigt vitt.

Sätt på dig lite bling bling, även om det är kopior.

Duka med fin porslin till vardags.

Piffa till din outfit med en scarf tex.

Måla naglarna.

Håll bilen ren, städad så den glänser.

Och så vidare, sådana här små saker får dig att känna dig lite lyxig och drar till dig välstånd och överflöd.

Vilka saker behöver jag putsa upp?

Jag är lyxig

Låt människor som du litar på visa dig vägen.

Ta till dig deras råd och följ dom ett tag.

Såhär kan man göra eller såhär kanske.

Omge dig med människor du ser upp till och litar på. Läs böcker, tidningar om sådant du tror på. Lyssna på föreläsningar med människor du beundrar.

Detta kommer att stärka dig massor och snart kommer människor och händelser som du litar på och beundrar att komma till dig för råd och vägledning.

Hur kan jag ge istället för hur kan jag få.

Hur kan jag hjälpa andra istället för vad kan andra ge till mig.

Du har fått och du ger tillbaka.

Vem eller vad inspirerar mig?

Jag är en förebild

Tro på något.

Ha tron på att det fungerar.

Ta till dig det istället för att avslå det direkt.

Attraktionslagen fungerar vare sig du tror det eller inte. Så då kan du lika gärna lära dig spelreglerna eller hur?

Dom som inte tror säger ofta: Vad blir det för bättre att hålla på och tänka positivt hela tiden? Vad är det för flum?

Ja vad blir det för bättre att tänka negativt...

Man sänder ut energier hela tiden, vare sig du är medveten om det eller ej.

Då är det bättre att veta reglerna istället för att stå där mitt i livet och undra varför det blev som det blev.

Vad tror jag på?

Jag tar till mig nya tankesätt

Du är skyddad av en större makt.

Det finns alltid någon som ser till ditt bästa.

Alla i universum sitter ihop med sina energier så du är aldrig ensam.

Känn dig trygg.

Du behöver inte ständigt gå omkring och vara orolig för vad du tänker, det skulle bli alldeles för jobbigt.

Du behöver bara vara uppmärksam på vad du känner och fråga dig när du känner obehag, vad tänker/tänkte jag då?

Det är ditt inre vägledningssystem som varnar för att detta är inte du, nu är du på väg åt fel håll.

Sen släpper du din uppmärksamhet mot det och tackar för informationen.

Streta inte emot dom negativa tankarna, för ropar du nej åt någonting riktar du uppmärksamhet mot det och drar in det i ditt liv. Vänd bort tankarna mot kontrasten och fokusera på det du vill ha istället.

Nej jag vill inte vara sjuk nu igen som förra året = obehag

Detta året är jag så frisk och kry, tack = kontrast

Vet att universum kommer att leverera mer av det du vill ha bara du vänder fokus mot det.

Hur ser mitt fokus ut?

Jag har fokus på vad jag vill ha

Du står aldrig still även om det känns så.

Du är i ständig utveckling.

Du ändrar riktning i ditt liv.

Går på nya vägar.

Ser du inte förändringen i dig själv, tycker du att du står på samma ställe i ditt liv.

Titta på människorna omkring dig, titta på vilka nya bekantskaper och händelser som kommit in i ditt liv.

Då ser du att du själv har förändrats.

Annars skulle aldrig allt det här nya kommit in i ditt liv.

Kan jag se förändringen i mitt liv?

Jag utvecklas ständigt

När det händer saker inom dig så händer det även en massa utanför dig.

En del människor står frågande kvar och undrar vad som hände.

Du själv kanske står frågande och undrar vad som hände.

Det händer ju saker hela tiden omkring oss och vi tar intryck av allt. När man börjar arbeta med sig själv kan det lätt bli för mycket och det blir bara en enda röra av allt.

Man tänker på allt och lite till och attraktionslagen levererar mer och mer tankar om dom ämnena.

Du kommer inte framåt och blir frustrerad eller förvirrad.

Du behöver sortera upp alla ämnen och fokusera på ett i taget. Skriv gärna listor på ämnena för då är det ännu lättare att sortera.

Attraktionslagen kommer fortfarande att leverera massor med tankar, men nu är det inom samma ämne och du hänger med.

Hur kan jag dela upp mitt liv i tårtbitar?

Jag rör mig framåt

Du har kraften att slå dig fri, du behöver inte vara fångad bakom en osynlig mur.

Du har allt skydd och all vägledning du behöver bara du vågar ha tillit till att allt löser sig.

Hur kommer det sig att du tror på alla rädslor, att dåliga saker ska hända.

Det är du själv som målar upp det i dina tankar.

Då kan du väl tro på dina drömmar som du målar upp också.

Vad är det som gör att du tror på det ena men inte det andra?

Är du inte värd det? Jo du är värd allt.

Har det aldrig hänt förut? Nån gång ska vara den första. Och där har du en fingervisning om varför det inte har hänt, du tror ju inte det ska hända och varsågod säger universum.

Vad brukar jag måla upp för rädslor?

Jag tror på mina drömmar

Se vad vacker du är.

Se vilken skönhet som finns i dig.

Bred ut dina vingar och tro på dig själv.

Du räkans här i universum,. Du behövs för att upprätthålla balansen, annars skulle du inte vara här just nu. Du är på helt rätt plats och tid. Universum gör inga misstag.

Ingenting är en slump.

Du stöttar andra genom att vara du. Genom att vara dig själv och inte som alla andra. Genom att vara en stark och tydlig förebild. Genom att vara frisk, tro på dig själv så stimulerar du andra att ha samma önskan.

När du tillåter dig själv att vara du fast andra inte gillar det, så uppmuntrar du andra till det.

Var dig själv.

Vad gör mig annorlunda än alla andra?

Jag tycker om mig

Du har en tendens att ta bort något av dig själv.

Du ger upp delar av dina drömmar för att andra inte tror på den.

Du tror att du vet vad du vill, men ger upp om det inte blir så.

Många gånger tror vi oss veta exakt vad vi önskar oss.

Lita alltid på att universum vet vad som är bäst för dig och skickar det i din väg.

Var det ett särskilt hus du ville ha, en särskild relation eller ett arbete, men du fick det inte.

Då talar universum om för dig att det inte var tillräckligt bra för just dig och att något mycket bättre är på väg. Något som kommer att passa dig perfekt.

Så var glad och förväntansfull på vad som kommer.

Vad är det som har hänt runt omkring mig när jag har tappat en dröm?

Jag är förväntansfull

Dags att välkomna lite nya saker, händelser och människor i ditt liv.

Tycker du att ditt liv ser lika ut hela tiden så är det troligtvis för att du är så fokuserad på verkligheten, det som är, och kan inte se något annat scenario.

Och då kommer förändringen väldigt långsamt eller inte all och essensen av ditt liv ser väldigt lika ut.

Men för att du ska få till en förändring så måste du börja använda fantasin lite mer. Bortse lite från det du iakttar, det som är just nu och vad människor omkring dig iakttar.

Och börja fokusera och drömma om hur du skulle vilja ha det istället, hur du skulle vilja att ditt liv såg ut.

Det är endast då det kan börja bli en förändring i ditt liv.

Attraktionslagen hakar på direkt och ger dig mer tankar och upplevelser om det du fokuserar på att vilja ha.

Vad kan jag välja in för nytt i mitt liv?

Jag kan förändra mitt liv

Kom ihåg att ingen kan ta över ditt liv.

Det är endast du som har kontroll över det och bjuder in det du vill uppleva.

Behåll kontrollen.

Även om universum ger dig det du har fokus på så kan du själv behöva göra saker aktivt. Det går inte bara att sitta på rumpan och vänta på att sakerna ska landa i ditt knä eller att tillfällena knackar på din dörr, även om det inte är omöjligt.

Du ska självklart lämna över kontrollen till universum och lita på leverans, men du måste handla på ingivelser osv.

Det går inte för en krukmakare att bara slänga en lerklump på en drejplatta och tro att den ska forma sig. Man måste arbeta med den och hjälpa till att forma den som man vill ha den.

Kan jag göra något aktivt idag?

Jag har kontrollen

Du har en stor kraft i dig.

Känn att du är som gud, som kan ge allt, uppfylla allt för dig själv och andra.

Du är ren vibrerande energi. Allt i hela universum är ren vibrerande energi.

Om du tittar på fast materia under ett mikroskop så skulle du se en vibrerande energin massa. All energi vibrerar med en viss frekvens. Även du vibrerar på en viss frekvens eftersom du också är energi. Och vilken frekvens du vibrerar på bestämmer du med dina tankar och känslor.

Så det är därför det är så viktigt att du mår bra för att sända ut bra frekvens och dra till dig saker och händelser som vibrerar med samma frekvens.

Du kan inte lyssna på p4 om du har ställt in frekvensen på p3.

Vad kan jag göra för att må bra idag?

Jag väljer glädje

Din största trygghet ligger hos din familj.

Där kan du vara precis som du är.

Ger och får villkorslös kärlek.

Tänk på att familj behöver inte vara blodsband. Du kan ha andra personer omkring dig som är minst lika viktiga som en familj och ibland ännu viktigare.

Du kan alltid finna trygghet och glädje hos dessa människor, dom är din fasta punkt här i livet.

Du får och känner så mycket glädje med dom.

Tänk dig att sitta och titta på ditt rofyllda sovande barn, det finns ingen större kärlek och trygghet.

Du träffar en vän och bara blir glad o hela kroppen.

Hur ser min familj ut?

Jag ger glädje

Du känner dig nästan oövervinnerlig nu.

Du får sprudlande ideér hela tiden som leder dig framåt.

När du hamnar i ett sådant här flyt och mår så bra som du gör nu , det är nu du ska ta tag i en massa saker och fatta beslut, för då blir det rätt.

Undvik att fatta beslut när du inte har flyt och positiva tankar.

Nu måste du fortsätta tro på dig själv och inte låta egot komma in och styra dig, för då stagnerar du.

Egot är bara där för att sätta krokben för dig, egot vill bara bli omtyckt av alla andra, det är din sociala mask och är ständigt rädd för att inte duga.

Egot är inte ditt sanna jag, vem du är innerst inne, du vet att du kan.

Hur kan jag bortse från mitt ego?

Jag är sann mot mig själv

Någon behöver dig nu.

En nära vän, kollega eller närstående mår inte så bra som dom skulle kunna.

Du kan aldrig ändra någon annans verklighet. Det kan dom bara själva göra med sina tankar.

Det du kan göra är att föregå med gott exempel, låt dom vara i din glädje, sänd dom kärleksfulla tankar, se för dig lösningar på deras problem.

Styr över samtal till positiva saker och må så bra du kan själv för att smitta på den andra personen.

Man mår alltid bättre i energin av andra kärleksfulla människor.

Mår du bra och du har människor i din närhet som mår dåligt, så är det för att du ska hjälpa och lära dig något.

Mår du dåligt och du har människor i din närhet som mår dåligt, så har du dragit till dig det pga av hur du mår och då vet du att det är dags att ändra tankesätt.

Hur kan jag påverka andra idag?

Jag sprider kärlek

Du läser och studerar mycket nu.

Du slukar information och går mängder med kurser.

Du sluter dig inne i dig själv.

I din jakt på lyckan har du väldigt lätt att gå till överdrift.

Kom ihåg att du har mycket information inom dig redan. Du måste låta det sjunka in och behandla det också och inte bara fylla på hela tiden.

Använd informationen konstruktivt.

Som att du fyller på ett glas vatten och aldrig slutar att slå, det bara rinner över och går till spillo. Du måste dricka vattnet också och låta kroppen och knoppen absorbera det för att kunna fylla på nytt.

Vad behöver jag släppa för att låta det komma till mig?

Jag kan

Du är fast på samma plats för att du har så svårt att välja.

Väg för och nackdelar.

Hela tiden i våra liv står vi inför valmöjligheter. Då kan man känna efter med intuition som jag nämnt tidigare.

Men man kan också fundera vart man står i livet.

Är du nöjd så behöver du inte börja tänka nytt och du kan lugnt vandra vidare den trygga vägen, då vet du vad du har och får.

Men känner du att det är dags för en förändring så behöver du utmana dig själv lite genom att välja den mer osäkra vägen, där du inte har en given utgång och måste ha tillit till att allt ordnar sig till det bästa.

Vad väljer du?

Har jag något val att göra?

Jag litar på min magkänsla

Lekfullheten dominerar dig nu.

Du känner dig kär. Kär i livet. Kär i dig själv. Kär i vänner. Kär i familjen.

Äkta lycka saknar motsats.

Äkta lycka är inte beroende av att omständigheterna ser ut på ett visst sätt.

Äkta lycka säger inte:

Om du gör dig av med det där, införskaffar det där och ser till att få ordning på det där... då dyker jag upp.

Lyckan finns inom dig.

Hur kan jag känna lycka inom mig?

Jag får vara lycklig

Du söker efter skatter.

Du letar lyckan på fel ställen.

Du behöver inte anstränga dig så.

I dagens samhälle med hetsjakten på den STORA lyckan så blir vi matade hela tiden med information och vi ska bräcka varandra med häftigare och häftigare upplevelser och saker för att hitta den STORA lyckan.

Då är det lätt att glömma den varaktiga riktiga lyckan som finns där jämt, nämligen vardagslyckan.

Lyckan att se sitt barn nyfiket vakna till en ny dag, lyckan att solen tittar fram, lyckan över blommigt toapapper istället för vitt, lyckan över en fin blombukett, lyckan över att solen tittar fram, lyckan när ens husdjur kärleksfullt busar, lyckan över en kopp kaffe osv

Vart har jag min vardagslycka?

Jag är nyfiken på livet

Du har det lite oroligt på några områden i ditt liv.

Det ligger rädslor och osäkerhet bakom.

Arbeta med dom och släpp dom så kommer du fram och kan klättra uppåt.

När du ska ändra dina tankar om något så kan du inte gå från 0-100 på en gång, för då tror du inte på dig själv och då blir det bakvänt.

Du måste övertyga dig själv sakta men säkert, byta ut dina värderingar och tankar så du själv kan tro på det steg för steg. Så ditt psyke hänger med.

Om vi tar pengar till exempel:

Har dåligt med pengar , räcker aldrig.

Men om jag börjar planera lite bättre, kanske funderar en extra gång innan jag köper något, då räcker det lite längre.

Pengarna räcker lite längre nu och det gör att jag snart kan lägga undan någon krona till det jag vill ha.

Jag kan ju faktiskt kontrollera hur mycket jag gör av med.

Jag är på väg mot ekonomisk balans.

Vilka tankar kan jag börja ändra?

Jag kan ändra mitt liv

Försök att få balans i livet.

Försök att fokusera på en sak i taget och sätt din tilltro till det.

Att ha för många saker i luften samtidigt urholkar kraften inom dig.

Att hoppas på positivt resultat samtidigt som man sänder ut negativa signaler går inte.

Om du till exempel har sökt ett jobb, men sen tänker att du säkert inte får det.

Då är det ju ingen ide att söka det överhuvudtaget.

Även om du vill skydda dig ifrån besvikelser så går det inte att sitta på två stolar samtidigt.

Du kanske inte kan förhindra negativa tankar, men du kan vara uppmärksam på dom och rätta till dom. Tro på att det kommer att lösa sig på bästa sätt med att säga till exempel : Vet inte ännu hur, men det kommer att lösa sig.

I vilka situationer behöver jag vara mer positiv?

Allt löser sig på bästa sätt

Du ser styrkor, kraft och personlighet hos andra.

Du lyfter upp andra och kan glädjas med andra.

Detta gör att du själv kan få det till dig.

Det tjänar dig inget att vara avundsjuk på andras framgångar och vinster.

Avundsjukan drar bara till sig mer omständigheter och händelser att få vara avundsjuk över.

Gör allt du kan för att glädjas med andra, känn deras lycka och bli inspirerad.

För när någon i din närhet får det du önskat så betyder det att det är på väg till dig också.. Universum visar vägen och du håller på att matcha in din energi på det. Annars skulle du aldrig ha fått en försmak på hur det kan bli genom dom, du hade aldrig fått sett det på nära håll.

Fortsätt att ha tillit och var glad för deras skull och det kommer även till dig.

Vad finns det för framgångar i min närhet att glädjas åt?

Jag är inspirerad

När andra går till höger går du till vänster.

När andra vill fram står du tvärsöver.

Hur många än som säger Ja, så kan du säga Nej.

Ju mer sann du kan vara mot dig själv desto bättre mår du.

Vet du att något är rätt för dig, så då är det så oavsett vad andra tycker, säger och gör.

Desto mer du övar på detta desto bättre blir det.

Du har inte råd att ignorera dig själv, du måste kräva den respekten för dig själv.

Var som kärringen mot strömmen och ifrågasätt kärleksfullt varför någon tycker si eller så om något.

Det handlar inte om att övertyga andra om din ståndpunkt, utan om att visa att man ska tro på sig själv och våga stå för den man är och följa sina drömmar.

Hur kan jag lyssna mer på mig själv?

Jag är lyhörd

Du tvekar, har ingen riktig tro.

Varför?

Att tron kan försätta berg är helt sant.

Har du inte tron på att du får det du önskar, så spelar det ingen roll hur mycket du önskar något.

Spelar ingen roll att du önskar det med varenda fiber i din kropp, tror du inte att det är möjligt, så blir det så.

Jag vill ha 100000 kr nu, men innerst inne tror jag inte det är möjligt nu, fast jag kan känna hur härligt det skulle vara. Då får du ju naturligtvis inte 100000 kr.

Du måste hitta känslan inom dig där du tror att det faktiskt är möjligt, den känslan är personlig.

Det kanske finns dom som verkligen känner att det är möjligt att få 100000 bara sådär, men du kanske kan tro på att du kan få 50 kr, då börjar du där.

Vart har jag min gräns för vad jag kan tro på?

Jag tror på mina känslor

Vad kan man tro på.

Du vet inte riktigt vad som är fantasi eller verklighet.

Du både tror och inte.

Du behöver inte veta vad som är dröm och vad som är verklighet. Du behöver bara ha tillit och följa med.

Ibland händer det så mycket saker och man vill gärna ha en förklaring på allt och man rationaliserar bort det som tur eller något.

Du ser saker hända men du tror ändå inte att det är du som styr allt med dina tankar och känslor. Du önskar något och det händer, men du har fortfarande svårt att tro att det är du.

Hur mycket bevis behöver du?

Jag hade en dröm att jag var en fjäril, jag vaknade och en tanke slog mig, vad vet jag..

Är jag en människa som drömmer att jag är en fjäril eller är jag en fjäril som drömmer att jag är en människa?

Låt gränserna suddas ut.

Vad har jag för små mirakel i mitt liv?

*Jag älskar att det är jag som styr *

Vad är jag värd.

Har jag ett värde överhuvudtaget.

Allt handlar om vilka ögon du ser med.

Du förtjänar allt du får här i livet. Allt som kommer i din väg och allt du upplever har du förtjänat.

Då tycker en del, jaha är jag inte bättre än detta "skitlivet" jag har. Allt har gått emot mig, men då är jag inte bättre värd en så. Och så fortsätter "skitlivet ".

Eller så ser man det så att eftersom jag har haft det livet jag har med ganska mycket motgångar så förtjänar jag allt härifrån och nu.

Jag förtjänar att få allt jag önskar.

Jag förtjänar att få ro.

Jag förtjänar att känna mig nöjd.

Jag förtjänar att må bra.

Jag förtjänar allt gott.

Jag förtjänar att älska mig.

Hur har mitt liv varit?

*Jag förtjänar allt jag vill ha *

Kan vara bra att faktiskt samla ihop dina tankar.

Det blir lättare att veta vart du ska gå om du har mindre bitar att fokusera på.

Blir du för spridd i dina tankar så får du spridda resultat.

Universum får lite svårt att leverera det du vill ha om du är otydlig.

Fokuserar du på både blå och gul samtidigt så blir det ju grönt. Och det var ju inte riktigt det du ville ha, även om ingredienserna finns där.

Så det lönar sig att ha fokus på en färg i taget, för då har universum en chans att ge dig exakt det du vill ha och det går mycket rakare och fortare dit.

Vilken del behöver jag lägga fokus på?

*Jag vet vad jag vill ha *

Nu är det dags att vara lite lekfullare.

Ta inte livet så allvarligt.

Slappna av och ha lite roligt också.

Kom ihåg att ha roligt i livet också. Livet ska inte bara bestå av en massa måsten.

Du har bara ett liv.

Försök att alltid ha något du tycker är roligt inplanerat i kalendern.

Då har du alltid något att se fram emot. Du blir gladare och mår bättre.

Planera en dag för att pyssla om dig själv, en liten weekend resa, en danskväll, en kurs eller vad som helst som du tycker är roligt.

Var noga med att boka in det också och inte bara tänk att du vill göra det.

Allt kommer att bli så mycket lättare med en kul aktivitet inbokad, för universum kommer att leverera mer roligheter då.

Har jag några roligheter inplanerade?

*Jag väljer att ha roligt *

Grattis du har nu tagit dig igenom ett som du anser problem.

Det ljusnar för dig och du kliver ur detta som en mycket starkare människa.

Vi går genom hela livet och gör massor med misstag och det ska vi göra. Vi ska lära oss av det och gå vidare med nya insikter.

Så tacka och ta emot när du gör ett misstag, för då har du utvecklats massor och kan hitta nya vägar.

Det är när du helt ger upp som det blir ett misslyckande, du försöker inte ens se nya vägar eller har gjort nog många misstag. Du inser att detta är inte din väg, men du ska göra många misstag först ,det är så sunt och naturligt.

Allt handlar om hur du ser på saker.

Vad har jag gjort för sk misstag som jag kan omvärdera?

*Jag tar emot utveckling *

Våga ändra färdriktning.

Våga släppa taget av gammalt för att vandra nya vägar.

När du får ett tecken på en ny väg att gå, ta chansen.

Ta chansen och lita på att det blir rätt. Universum ger dig inte nya vägar utan att ha en mening med det. Även om inte du ser meningen med det just nu så kommer det att visa sig längre fram, lita på det.

Du kanske plötsligt får sparken från ditt jobb. Bli inte förtvivlad över det, utan lita på att något nytt och spännande är på gång.

Ett nytt jobb kan vara på intåg i ditt liv som kommer att passa dig perfekt och hade du inte fått sparken så hade inte det nya jobbet kunna komma till dig. Du kanske ska ärva en massa pengar och inte behöver jobba mer. Du kanske behöver flytta för att träffa din stora kärlek.

Möjligheterna är oändliga bara du litar på att allt som sker har en orsak och mening.

Vilka nya vägar finns för mig?

*Jag letar efter möjligheter *

Tveka inte.

Du vet innerst inne vad du vill, ha självförtroende att tro på det.

Ingenting är för stort, dumt eller konstigt.

Du kan göra allt du vill.

Låt dig inte nedslås av människor som stoppar dina drömmar. Låt dig inte nedslås av människor som tycker en massa saker om dina drömmar. Låt dig inte nedslås av negativa människor som berättar alla problem med dina drömmar.

Välj noga vem du berättar dina drömmar för, välj människor som ger dig stöd och backup för dina drömmar.

Särskilt i början, för att inte ta till dig deras eventuella negativa kommentarer.

Ha modet att alltid följa dina drömmar. Och andra kommer att följa dig.

Har jag modet att följa mina drömmar?

*Jag är modig *

Du är en varm person som tycker om att lyfta andra.

Du hjälper och stöttar hela tiden.

En stor del av dig vill hjälpa alla. Du är så omtänksam och vill alla väl.

Så ibland i din strävan att hjälpa, kan du lätt glömma bort dina närmaste. Det är inte menat så och inget medvetet från dig, det bara blir så.

Och i din närmaste krets ingår du själv också. Kom ihåg att du måste hjälpa dig själv också annars anser du dig inte viktig nog. Och då kommer du troligtvis att bara bli utnyttjad av andra.

Ge dig själv samma råd och hjälp som du ger andra, sätt dig själv i första rummet. Och det är absolut inget egoistiskt, utan det är nödvändigt för att du ska kunna ha något att hjälpa andra med.

Ge dig själv de verktyg och vägledning du behöver ge andra.

Vad kan jag ge mig själv för råd?

*Jag är min bästa vän *

Det finns baktankar med allt.

Lita inte på någon.

Alla vill ha något.

Eller?

Du måste lära dig lita på människor. Om du går runt och misstror människor så kommer universum bara att leverera dig sådana människor.

Du måste börja lita på folk och vad de säger. Inse att det inte har med dig att göra om de inte håller vad de lovar, det säger mer om den människan själv. Att den personen anser sig förmer än alla andra och inte behöver bry sig om andras känslor.

Börja att lita på dig själv för det första, stå för vad du säger och gör, så kommer människor omkring dig att respektera dig och inte luras.

Bara för att en person luras så behöver inte alla göra det, tro gott om alla i första hand. Släpa inte på gamla erfarenheter.

Hur ser mina tankar ut om andra?

*Jag kan lita på människor *

Du känner dig så fri och vacker.

Skönheten kommer inifrån.

Du börjar känna dig värdig allt och har en bra självkänsla.

Det mest attraktiva som finns är människor som inte har behov av att trycka ner andra för att lyfta sig själv. Människor som står stadigt på jorden och har en god självkänsla.

Är trygga med vem de är och lyfter andra att känna lika. Lyfter andra och står hellre tillbaka själv för att ge andra berömmet, för du behöver inte bli bekräftad hela tiden. Det spelar ingen roll för dig.

Inte bryr sig om vad andra tycker om saker de gör, utan tror på sig själva.

Det ger sådan glädje att se andra växa och tro på sig själv.

Du ser att du är värd allt utan att andra ska behöva försaka något, att alla kan få del av universums oändliga källa utan att behöva trycka ner någon annan.

Vem kan jag lyfta idag?

*Jag kan berömma andra *

Vill bygga bo.

Ta hand om och uppskatta det du har.

Var rädd om allt omkring dig.

För att dra till dig rätt saker så måste du uppskatta det du redan har.

Är du slarvig med det du har och skiter i det så kan du aldrig dra till dig bättre saker.

Är du inte rädd om och uppskattar de relationer du har i ditt liv just nu så kan du inte dra till dig något bättre.

Universum matchar alltid de känslor du har.

Ta två bilägare, den ena tar hand om, håller rent och uppskattar sin bil och den andra låter sin bil vara smutsig och stökig.

Vilken tror du drar till sig ännu bättre bilar?

Vad kan jag vara mer rädd om?

*Jag uppskattar mina saker *

Svaret ligger mitt framför dig.

Tänk utanför boxen för att se.

Sluta leta och jaga och du kommer att se klarare.

Är det möjligt att det finns änglar som är med dig?

Är det möjligt att jag kan få allt jag lägger fokus på?

Är det möjligt att det finns en större kraft som verkar för mig och hjälper mig fram i livet?

Är det möjligt att det ligger en massa för mig osynliga saker omkring mig?

Är det möjligt att jag kan få vad jag vill?

Är det möjligt att vi alla sitter ihop i ett gemensamt energifält?

Är det möjligt att jag har personliga guider?

Ja allt är möjligt, bara du kan öppna dig lite mer och släppa på dina gamla värderingar och tänka lite utanför boxen.

Vad är det i dig som säger att det inte skulle kunna vara möjligt?

Hur kan jag tänka nytt?

*Allt är verkligen möjligt *

Du läser och studerar mycket.

Men vad är det du vill egentligen?

Vad är din avsikt?

Du kan inte bara fortsätta och studera, läsa utan att ha ett mål med det.

Du måste ha en avsikt med dina studier annars gör de ingen nytta för dig.

För det är ju inte själva läsandet som tar dig någonstans utan det är hur du förvaltar det du läser som ger en förändring.

Visst kan du lära in en massa saker och lagra i din hjärna, men vad är nyttan med det om du inte har en avsikt med ditt studerande.

Du måste kunna göra någonting aktivt med det du lär dig annars är det bara slöseri med tid.

Var alltid energin du avser att dra till dig med dina studier.

Vad läser jag just nu?

*Jag är i förändring *

Dags att återta kontrollen över ditt liv.

Du är lite utanför just nu.

Du är med men ändå inte.

Varje gång du anser dig ha rätten att vara upprörd på grund av hur någon behandlat dig. Då du känner att du har rätt att vara arg, sårad eller ledsen.

Då har du lämnat över din kontroll över ditt välmående till andra att göra vad du vill med.

Då känner du dig utanför dig själv, du har inte kontroll och gör dig till ett offer.

Det går aldrig någonsin att lämna över ansvaret till någon annan, för det är alltid dina tankar som framkallar dina känslor.

Ser jag situationer när jag lämnat över kontrollen?

*Jag är mitt ansvar *

Undervärdera inte dig själv.

Tro på att du är din egen skapare.

Det kanske kan vara svårt att se och tro på att du skapar alla upplevelser i ditt eget liv.

Börja titta dig omkring och se när attraktionslagen arbetar i andras liv, då syns det lättare.

Du kommer att se att de som talar om rikedom, är det.

Dom som talar om att de mår bra, gör det.

Dom som talar om sjukdomar, har det.

Dom som talar om att de inga pengar har, är fattiga.

Då kan du börja se att det gäller dig också.

Känner du dig ensam så blir du det.

Känner du dig fattig så blir du det.

Känner du dig rik så blir du det.

Det du känner attraherar du mer av alltså och det finns ingen som är undantagen denna naturlag.

Vad pratar jag om?

*Jag känner det jag vill ha *

En förändring i dig är på väg.

Du har upptäckt att delar av dig går att dölja med en tankeförändring.

Alla dina tankar du har tänkt i hela ditt liv finns kvar i dig. Allt du någonsin känt finns kvar i dig.

Du kan inte ta bort tidigare tankar.

Men alla tankar är inte aktiva just nu och därför dolda för dig.

Så du kan inte förändra en tanke eller uppfattning för det är en del av dig, men du kan välja en annan tanke och uppfattning.

Du kan liksom inte ta bort en tanke men du kan aktivera nästa som känns bättre och du kommer att dra till dig matchande tankar som gör att den tanken du inte vill ha inte blir dominerande utan läggs väldigt långt bak och tappar styrka.

Vilka tankar vill jag försvaga?

*Jag väljer bra tankar *

Du har kommit långt i din utveckling nu.

Fast du har fortfarande lite svårt att lita på dig själv.

Rött eller grönt ljus. Ängel eller djävel på din axel. Lugn eller oro i magen.

Lita alltid på vad din intuition säger. Har du ett motstånd i dig mot att göra något, så gör det inte. Det är inte rätt tid för det, och det blir inte som du tänkt då.

Allt har en mening fast du inte ser det direkt, men lita alltid på din känsla.

Är det rött ljus, lyssna på det. Är det grönt ljus, lyssna på det.

Har du svårt att hitta din känsla, så ta en stund och fundera på olika händelser i ditt liv.

Vad hade du för känsla, hur gjorde du och vad blev resultatet. Då kan du ana vad din känsla är.

Jag skulle ut på fest en gång och hade sett fram emot det, samtidigt som det fanns ett litet motstånd i mig. Festen blev inställd, jag kände mig lite besviken men samtidigt var jag säker på att det hade en mening som skulle visa sig.. På natten fick jag ut på uppdrag som jag inte hade kunnat om jag själv varit ut på fest. Så det hade en mening.

Hur kan jag träna på min intuition?

*Jag lyssnar på min magkänsla *

Gör upp lite planer för framtiden.

Gör tydliga mål.

Gör visuella mål som du kan se varje dag.

Du har säker hört talas om att man gör en Visionboard för att tydliggöra sina drömmar i ett collage.

Det många gör är att klippa ut bilder på vad de vill ha och även skriva texter till. Man klistrar upp det på en tavla och hänger upp så man ser den varje dag.

Men det många glömmer är känslan.

Visst jag ser en bild på ett fint hus, en fin bil och kanske en massa pengar, men vad ger de dig för känslor?

Blir du glad, blir du förväntansfull, mår du bra när du ser bilderna eller känner du att du inte vet hur detta ska gå till, den fina bilen har ju de men inte jag, så mycket pengar kan väl inte jag få.

Försök att komma fram till hur du vill må och känna först, sen letar du bilder som är kopplade till känslan.

Vill du vara glad så kanske en bild på världens sötaste kattunge ger dig den känslan, fast du inte kanske önskar och vill ha en katt.

Vill du känna frihet så kanske en bild på ett vackert landskap från Österrike ger dig den känslan istället för en bild på pengar.

Vad är det jag vill känna i mitt liv egentligen?
*Jag har mål i mitt liv *

Öppna ögonen för alternativa vägar.

Finns aldrig bara ett sätt som är rätt.

En sak ser aldrig bara ut på ett visst vis, utan har mängder med skepnader.

Säger någon stol till dig, så får du automatiskt upp din bild av en stol.

Men bara för att din stol, i dina tankar ser ut så, behöver inte alla andra göra det.

Dom finns i mängder med modeller, färger, storlekar och former.

Så är det med dina önskningar också.

Ser du en väg till dina önskningar så har universum många fler modeller, färger, storlekar och former på dem.

Så lås inte fast dig vid ditt sätt, för då får universum svårt att ge dig möjligheter eftersom universum måste svara på din vibration enligt attraktionslagen.

Hur kan jag göra för att se fler vägar?

*Jag önskar och släpper *

Är du beredd på att få dina drömmar.

Är du beredd på att det går fort nu.

Var inte orolig, du får inte mer än du är redo för.

Ibland går det rasande fort mot våra drömmar. Känns nästan overkligt hur vilket flyt man har. Händer detta verkligen mig, är frågor som dyker upp.

Du får alltid det du klarar av, lita på det.

Det kan tyckas att om man får allt man vill ha så skulle man inte bli rädd, men det kan faktiskt hända. Oftast är det för att man är så rädd att förlora det igen eller man tycker inte man är värd det trots allt.

Men det är därför det finns en slags fördröjning också i universum. För att man ska hinna vänja sig och sortera vad man verkligen önskar sig.

För det vore ju lite märkligt om man tänkte på en elefant och pang så stod den där i vardagsrummet.

Man har alltid en chans att tänka och känna vad man vill ha och när man är redo så kommer det. När man känner det med hela sig att det kan bli så, att man är värd det och att man bara slappnar av och tar emot det som kommer.

Är jag redo?

*Jag är redo *

Forska i någonting.

Sök information om det som du tänker på.

Det kommer att leda dig vidare.

Har du funderingar om något som du kanske önskar dig så kan det vara bra att söka lite information om det.

Talar hela tiden om att man ska släppa hur, var och när till universum att klura ut.

Men är du en nyfiken person så kan det vara väldigt svårt att helt släppa. Då kan det hjälpa att undersöka, forska lite kring ämnet för att på så vis lugna sig med att det finns massor med vägar att uppnå det man vill.

Om du till exempel vill bli författare, men vet inte hur det ska gå till så kan det stoppa dig för att du funderar för mycket på Hur, som inte är din uppgift att veta.

Sök lite information om hur andra gjort, vad det finns för möjligheter, vad det finns för kurser, vad det finns för böcker osv.

Då lugnar du dig själv genom att du ser att det verkligen finns hur många vägar som helst att bli författare och att massor med andra människor har gjort det förut.

Och då kan det bli lättare att släppa Hur till universum.

Vad behöver jag forska lite i?

*Alla vägar bär till Rom *